DANS SA CHAIR

"Domaine français"

DU MÊME AUTEUR

CÉRÉMONIE, Actes Sud, 1999 ; Babel n° 553.
MOURIR EST UN ENCHANTEMENT, Actes Sud, 2017 ; Babel n° 1588.
MÉDÉE CHÉRIE, Actes Sud, 2019 ; Babel n° 1795.

ISBN 978-2-330-16124-8

YASMINE CHAMI

Dans sa chair

roman

ACTES SUD

à mes fils

Je dis chance, ô ma martelée ;
Chacun de nous peut recevoir
La part de mystère de l'autre
Sans en répandre le secret ;
Et la douleur qui vient d'ailleurs
Trouve enfin sa séparation
Dans la chair de notre unité,
Trouve enfin sa route solaire
Au centre de notre nuée
Qu'elle déchire et recommence.

René Char,
Recherche de la base et du sommet

PREMIÈRE PARTIE

Tu es mon amour depuis tant d'années

Le jour où Ismaïl abandonna Médée, sa femme de plus de trente années, dans un aéroport international pour rejoindre Meriem qui l'attendait devant le portique de la police des frontières, il pensa résoudre le plus honnêtement possible le nœud de désir, de trahison et de violence qui menaçait de les engloutir tous.

Quand il tenta, bien plus tard, de comprendre comment il avait décidé de quitter ainsi Médée, de la manière la plus lâche à ses propres yeux, il ne réussit pas à déterminer par quel raisonnement sensé il en était arrivé à la conclusion qu'un abandon brutal, sans explication, était pour eux la meilleure manière d'accepter le caractère irréductible de sa décision. Il n'aurait su dire pourquoi cette aventure qu'il avait pensée exclusivement sexuelle, sans doute liée au partage si particulier de leur tension de chirurgiens, Meriem et lui penchés ensemble au-dessus du crâne ouvert de leurs patients, attentifs à coordonner leurs gestes au millimètre près, dans une chorégraphie ténue, était devenue cette histoire qui avait fait de lui un homme pris dans le vertige d'un désir sans limites.

Ismaïl accepte pourtant de ne pas toujours maîtriser ce qui advient, alors même que la maîtrise est un des enjeux majeurs de son métier de chirurgien. Il sait depuis longtemps que l'extraordinaire sentiment de toute-puissance qui l'envahit chaque fois qu'un homme ou une femme abandonne son crâne à ses mains expertes est une illusion dangereuse, il a affronté plus d'une fois la perte d'un patient suffisamment confiant dans la précision de son savoir pour accepter l'intrusion du scalpel dans la chair molle où s'originent la pensée et toutes les facultés qui font vivre pleinement. Et pourtant, il a cédé à l'illusion de maîtriser son histoire avec Meriem dès le premier jour, confiant dans la solidité du lien tissé avec sa femme, Médée, leurs trois enfants, leurs petits-enfants comme autant de digues fermement érigées, isolant l'autre partie de sa vie avec Meriem, lui conférant une insularité rassurante. Les histoires vécues sont toujours racontées *a posteriori*, il en est conscient, l'apparent contrôle du récit efface les failles de l'expérience, les accrocs, les erreurs et les hésitations au profit d'un regard unifié sur ce qui a été. Et pourtant Ismaïl, une fois consommée la désillusion du désir éteint, observe du dehors cette histoire folle comme celle d'un autre, étrangère à tout ce qu'il a été et tout ce qu'il est devenu après deux années chaotiques.

Il erre aujourd'hui dans la maison désertée, en caleçon et tee-shirt froissé, à la recherche du calepin de cuir brun où Médée consignait encore, malgré l'intrusion massive des écrans et tablettes dans leurs vies à tous, les numéros de téléphone indispensables au fonctionnement de la maison – ils se moquaient d'elle avec des rires complices : "Plus personne, mais plus personne n'utilise de calepins, maman", soupirait Samia excédée, appuyée de tout son poids contre son père ; et il sentait, tandis qu'elle s'adressait à sa mère avec une acrimonie légère, les effluves boisés de sa chevelure ambrée si semblable à celle de Médée, debout face à eux. Il avait perçu alors le fugitif désarroi de Médée, comme il détectait depuis plus de trente ans tous les mouvements de son esprit mobile, de sa sensibilité si vive, s'efforçant dans la mesure du possible d'atténuer les chocs de perception qu'elle transformait dans l'atelier perché sur le toit de leur maison en créatures de pierre, d'acier et de verre, déployant la complexité d'un univers où tous les liens construits contre vents et marées persistaient en d'étranges filaments déchiquetés, ravaudés, emprisonnant les statues disjointes dans des coques éventrées, cousues à l'aide d'épais fils de chanvre, de nylon, à grands points grossiers, exposant les efforts consentis pour lier entre elles ces créatures elles-mêmes stratifiées puis inlassablement polies. La première fois qu'il avait vu Médée, il avait d'un seul coup d'œil endossé la puissance de l'univers dévoilé par cette jeune fille à la grâce aérienne, dans la maison de Tanger où étaient célébrées les noces de la sœur aînée de Médée avec l'un de ses amis d'enfance, quand elle avait ouvert pour lui la porte close de son atelier au fond du jardin, d'où l'on découvrait la mer en contrebas. De même qu'il avait été ébranlé intimement quand il l'avait surprise dansant seule dans le jardin, tournoyant dans son cafetan ivoire, les bras ouverts, comme un oiseau avait-il alors pensé. Tout en elle était gracieux, il l'avait observée de loin, puis s'était rapproché, intimidé par une sorte de noblesse délicate qui exigeait la réserve. Pas un seul instant au cours des trente années qu'avait duré leur vie commune, leur pacte d'amour renouvelé chaque fois à la naissance des trois créatures tièdes et vagissantes que Médée gardait ensuite de longues années durant collées contre ses flancs, alors qu'Ismaïl protestait en riant contre leur présence turbulente dans le lit conjugal, lui barrant l'accès au corps intact de sa femme qu'il continuait de désirer avec la même ardeur, et attendait le moment où Samia, puis Aya et Adam, enfin endormis, leurs souffles réguliers indiquant la trêve, pour les transporter avec précaution jusque dans leurs lits respectifs, suivi de Médée pieds nus – il n'avait cessé d'admirer cette femme qui lui échappait d'une manière si subtile qu'il lui fallait chaque fois s'assurer qu'il l'avait bien conquise, et alors même qu'elle lui témoignait un amour sans faille, il y avait en lui une hésitation à peine ressentie à la croire définitivement sienne – ; et il la regardait couvrir leurs enfants, effleurer leurs fronts de ses lèvres, éteindre la veilleuse qui éclairait à peine les chambres aux détails soigneusement pensés, les couettes brodées, les tapis aux teintes douces, les coffres à jouets transparents où les jeux étiquetés s'entassaient dans un joyeux désordre, les livres de contes sur les étagères, les toiles colorées que Médée et les enfants avaient peintes ensemble. Rien dans son enfance ne ressemblait à celle de ses enfants : il observait sa femme qui éteignait les veilleuses après un ultime geste pour défroisser le pli invisible d'un drap, soustrayant au regard un pied découvert, si tendre qu'elle ne pouvait s'empêcher de le presser délicatement entre ses paumes avant de le recouvrir.

En un sens, Ismaïl était resté étranger à l'enfance de ses enfants, il le réalisait, là, dans ce vestibule éclaboussé par la lumière tremblée de cette fraîche matinée de mars déversée à travers les larges baies vitrées du séjour, les herbes folles envahissant la terrasse dont Médée prenait si grand soin – il avait congédié Ba Ahmed pour un mois, le dédommageant généreusement, de même que Safia, la cuisinière, suffisamment inquiète pour sonner tous les deux jours au moins à la porte de cette maison qui était devenue au long des années son principal foyer, si bien qu'Ismaïl n'avait pu faire autrement que la tolérer à ses côtés, lui assurant des repas savoureux auxquels il touchait à peine, aérant les pièces silencieuses, dépoussiérant les objets familiers, de sorte qu'un étranger pénétrant dans cette maison aurait pu penser qu'Ismaïl continuait d'y vivre comme il l'avait toujours fait, dans le confort que la vigilance de Médée organisait pour lui quotidiennement. Mais un coup d'œil jeté sur la terrasse envahie de mauvaises herbes, les traces terreuses des pattes d'oiseaux et de chats sur les coussins ivoire des sièges en rotin réunis autour de la table recouverte de zelliges bleus et verts, la présence même de chats maigres allongés au soleil, exposant leurs côtes apparentes à la tiédeur chahutée de cette matinée de printemps, auraient permis à l'intrus de comprendre pourquoi dans cette maison pleine de photos de famille où régnaient les sourires des trois enfants de Médée et Ismaïl, les souvenirs de voyages, les livres de Médée serrés sur les étagères en bois clair, les premiers dessins de Samia encadrés et tapissant un pan de mur juste au coin du salon jaune et prune, flottait un sentiment de désolation qui serrait la gorge du visiteur incongru, pourtant séduit au premier abord par la chaleureuse simplicité des lieux, l'élégance sobre des pièces ouvertes les unes sur les autres.

Il est debout dans le vestibule, à la recherche de la tasse de café que Safia a posée sur le plateau de bois cérusé choisi à Venise, dont les volutes recouvertes d'une peinture dorée vieillie adoucissent les angles. Médée avait ri en l'achetant, se moquant tendrement de son goût à lui pour les souvenirs les plus communs, concession joyeuse à la perfection de cette journée passée ensemble à déambuler dans les ruelles étroites inondées de soleil, savourant l'ombre presque froide des églises où elle l'attirait, excitée comme une enfant, plantée devant le Christ en croix et les mater dolorosa si diverses, et Ismaïl s'étonnait sans impatience de son enthousiasme pour la représentation de cette maternité céleste, toujours la souffrance de la mère, dans ses bras l'enfant-homme avec sa couronne d'épines et les trous dans sa chair crucifiée.

Il cherche la tasse de café bien fort réclamée à Safia avec une fébrilité très éloignée de son aménité habituelle, ne se souvient plus où il l'a déposée quand la sonnerie du téléphone l'a contraint à abandonner l'inspection de ses mains à la lumière du jour, tendues devant lui paumes tournées vers le sol, le tremblement atténué depuis deux jours, mais toujours là, ne plus boire, en quelques jours ce sera une affaire réglée, quelque chose de son goût pour l'autorité du diagnostic surgit, puis s'évanouit aussitôt. "Regarde, mon amour, ce buste de la Vierge au-dessus du portail…" Médée le bousculait un peu, lui faisant lever les yeux vers Marie, debout ensemble sur le parvis de l'église Santa Maria dei Miracoli, puis plus tard, lui enjoignant de porter son regard sur les sols aussi précieux que les fresques aux murs des chapelles. La tasse de café est devant lui, posée sur la console de marbre, il soupire d'un soulagement enfantin, le breuvage est tiède, légèrement amer, il l'avale avec une grimace, Safia n'a jamais su le doser, c'est Médée qui sait le faire, suffisamment fort pour que la saveur ronde envahisse le palais, mais jamais amer, une frontière ténue entre force et dépréciation du goût. Avec Meriem, il y a six mois, errant dans Paris, le boulevard Saint-Germain balayé par un vent d'automne tôt survenu, ils étaient entrés dans l'église Saint-Germain-des-Prés, fraîchement restaurée, lui pressentant la fin de leur histoire folle, il lui avait présenté celle qu'en son for intérieur il nommait "la Vierge de Médée", cette sculpture traversée en son centre par une faille qui avait interdit à l'artiste de poursuivre son travail, au XIIIe siècle sans doute, lui avait raconté sa femme alors, émue, on ne pouvait sculpter un visage dans une pierre fêlée, pas plus qu'on ne pouvait détruire une statue de la Vierge. "Imagine ce sculpteur, mon amour, la pierre éclate entre ses mains, et il ne peut plus qu'enterrer cette Vierge presque achevée, elle a été retrouvée place de Furstemberg, par hasard, et placée enfin dans cette église qui est une ancienne abbaye. Huit siècles endormis sous la terre, dérobée aux regards, et là voilà devant nous, vois comme elle est belle." Meriem avait regardé sans voir, maussade, pressée de quitter la beauté austère de cette église, il faisait froid, elle frissonnait dans son imperméable clair. "Tu veux boire un chocolat chaud ? Tu as froid mon amour, je suis impardonnable." Ils avaient quitté la travée d'un pas pressé, sans un cierge pour la survivante grave et majestueuse qui les regardait s'éloigner. Médée connaissait par cœur l'histoire de l'ancienne abbaye, ses transformations, le miracle de cette Vierge retrouvée presque intacte, et toujours elle venait la saluer, "je vous salue Marie la résistante", rieuse, "elle nous bénit, je le sens". Qu'était-il venu chercher là avec Meriem, leur amour finissant lourd à son cœur, une paix, un miracle, comment avait-il pu croire que la Vierge de Médée les sauverait d'une fin annoncée ?

Assis face à Meriem dans un café de la rue du Four, il la regardait reprendre des couleurs, vivifiée par les voix des habitués attablés autour d'eux, hésitant entre un chocolat simple et un viennois, optant pour la gourmandise de la boisson réconfortante surmontée d'un nuage de crème chantilly, gratifiant le serveur d'un sourire enfantin, rendue à elle-même, sa chair dilatée par le bonheur physique du confort retrouvé. Et de nouveau en lui l'urgence de la toucher, effleurer son poignet, sentir sa peau là, ce désir qui surgit en la regardant vivre, ses yeux bruns ouverts avec avidité sur les gens autour, prompte à l'oublier dans l'enthousiasme d'un échange furtif, un regard, un sourire, une connivence impalpable avec l'homme debout au comptoir ou la femme seule qui consulte ses messages. À Sydney, dans la perfection chromée du bloc opératoire, loin des couloirs familiers de l'hôpital Avicenne où il régnait avec une bienveillance entrecoupée de terribles colères qui faisaient trembler les jeunes internes, inclinés devant sa compétence rigoureuse et son statut de mandarin, il avait ressenti pour la première fois depuis la fin de son adolescence une sorte de faiblesse intérieure, mais aussi sa vitalité à elle, fédérant sans l'ombre d'une coquetterie les jeunes chirurgiens brillants qui évaluaient la précision de ses gestes, cette minutie sûre avec laquelle elle intervenait, et qu'il avait lui-même détectée plusieurs années auparavant. Là dans ce café, face à elle, prisonnier d'un désir impossible à assouvir de sa peau, de sa voix, il l'observait avec une muflerie assumée, une ironie lucide, sa chevelure bouclée traversée de lueurs auburn, les yeux bruns tirés comme ceux de certaines Asiatiques, renflés, et ce renflement leur conférait une vulnérabilité qui l'émouvait, comme des paupières perpétuellement gonflées au réveil, son clair visage, un masque dont il ne pouvait percer le mystère. Pas vraiment belle, il le savait, ni même jolie, mais pire, parce que ce qui le touchait était dérobé aux regards, perceptible pour lui seul, dans l'intimité de son être, éveillant un besoin impérieux et mélancolique de la posséder. Elle le tirait par la manche, ressuscitée, "allons-y, nous aurons le temps de nous promener à Bastille", pressée de rejoindre deux confrères parisiens assistant au même congrès, avec lesquels ils étaient convenus de se retrouver pour dîner. Il avait payé et ils étaient sortis, de nouveau exposés au vent aigre, à la rue vrombissante, toujours ce besoin de la toucher, son bras autour d'elle, elle glissait presque hors de son étreinte, – "bus ou taxi ? – bus" –, elle avait ri, impatientée par ses atermoiements bourgeois, il savait qu'elle le considérait ainsi, savourant le confort enveloppant de ses habitudes, exprimant sa distance moqueuse par moments, comme une sorte de rappel discret de sa vitalité à elle, le renvoyant à l'énergie de ce corps tiède qui l'attirait comme un aimant, dont il sentait l'impatience heureuse alors même qu'il lui opposait consciemment sa présence pondérée, la tranquille assurance de ses gestes, son corps plus lent, plus lourd, accordé au rythme de son souffle.

Sa tasse de café presque vide à la main, il est debout dans ce vestibule que le soleil réchauffe déjà, pieds nus, s'avisant que jamais Médée n'a bousculé ainsi sa certitude d'habiter son corps au juste rythme ; elle avançait, son pas uni au sien, légère contre lui, il en oubliait presque de ralentir pour lui permettre de souffler, mais elle ne disait rien, attentive aux visages rencontrés, ses yeux graves absorbant les mouvements de la rue, les nuances des pierres grises et roses, la densité d'un feuillage, et il sentait cette connivence sans heurts qui les liait, dont il s'avisait à présent qu'elle avait requis de sa part à elle le léger retrait qui la caractérisait, et qu'il avait fini par considérer comme la nature même de son être délicat et mobile.

Meriem avait ri toute la soirée, il l'avait observée, tendu, leurs collègues pris dans cet enthousiasme vivifiant, elle riait de toutes ses petites dents nacrées, il y avait dans cette ouverture, cette joie exprimée, une confiance presque indécente, comme si ces inconnus bénéficiaient de ce qui n'était réservé qu'à lui, une gaieté qui donnait accès à son intimité. Ismaïl la regardait sans bienveillance, ouverte, bavarde, désireuse de plaire, et d'une partie de lui-même qu'il n'aimait pas, ne respectait pas, surgissait ce jugement qu'il avait entendu de nombreuses fois prononcé par sa mère, s'agissant de jeunes filles qui franchissaient le seuil de l'appartement de célibataire qu'il occupait dans le quartier de l'Agdal, où elle venait séjourner avec lui, lavant son linge, cuisinant pour le fils prodige les plats qu'il affectionnait, lui que les années de spécialité terminées à Paris avaient éloigné : "Elle manque de réserve", la sentence tombait comme un couperet, tranchant les prémisses d'un lien mort-né. Avant l'éblouissement de Médée, il y avait eu cette fille rencontrée à la faculté de médecine de Rabat, Siham, native de Marrakech, vive et douce, si dévouée pour le jeune interne qu'il était alors. Elle l'avait accompagné longtemps, n'exigeant rien, attentive à ses besoins, comme si le charisme du jeune médecin, sa bonté nonchalante, ses attentions sporadiques étaient pour elle un viatique suffisant. Elle le rejoignait à l'internat trois fois par semaine, après dix-neuf heures, mais jamais leurs vies ne s'étaient mêlées, dans un accord d'indépendance tacite. C'est du moins ce qu'il avait pensé, jusqu'au jour où la jeune fille, une fois son diplôme de droit obtenu, lui avait annoncé qu'elle quittait Rabat pour s'établir à Marrakech, son doux visage incliné vers lui, un autre homme la voulait pour femme, elle, tout entière. Ismaïl avait découvert avec stupéfaction un monde d'attentes inexprimées, sensible à la description succincte de cet autre, soucieux de légitimité, fortuné, stable, qui la désirait suffisamment pour craindre de la perdre. Il comprenait au fur et à mesure, en contrepoint, tout ce que Siham avait espéré de lui durant ces années écoulées, découvrant qu'elle avait choisi, six mois auparavant, de ne pas lui annoncer une grossesse entamée, prenant le risque d'avorter clandestinement, accompagnée d'une amie. "J'ai essayé de te le dire, se justifia-t-elle, mais tu n'entendais pas, et tu m'as raconté le cas de cette patiente que tu devais opérer le lendemain d'une tumeur cérébrale, tu étais soucieux parce que l'intervention était très délicate et que tu la menais seul pour la première fois ; je n'ai pas voulu t'imposer une vie que tu n'envisageais pas." Il l'avait écoutée avec attention, mortifié intérieurement de ce qu'elle lui signifiait, sa légèreté dans leur lien, l'égoïsme avec lequel il avait accepté le plaisir qu'elle lui donnait, sa tendresse, sans jamais s'interroger sur ce qu'il aurait pu ou dû lui apporter en échange, une sécurité, une présence. La jeune femme l'avait encore une fois observé silencieusement, son doux regard empreint d'une ironie nouvelle, une sorte de force que l'autre homme lui avait insufflée, la certitude d'être désirée de manière exclusive, suffisante pour faire d'elle une épouse, pendant que lui semblait insoucieux de tout ce qui pouvait le détourner de son ambition exclusive, devenir le patron incontesté de la neurochirurgie dans son pays, semblable à ces professeurs qui depuis vingt ans se penchaient avec autorité sur le crâne mystérieux de son jeune frère, ramenant sur les joues de sa mère les couleurs de l'espoir, ou au contraire la vidant de son sang tandis qu'il la regardait, suspendue à leur diagnostic souvent erroné, respectueuse et toujours confiante dans l'immensité de leur savoir, vendant l'un après l'autre les biens hérités de son père dans l'espoir qu'un traitement expliquerait et guérirait le curieux mutisme de son fils, ses obsessions, le débit mécanique de sa voix, son enfermement dans un univers si réduit que seuls les membres de la maisonnée pouvaient l'approcher sans qu'il éclate en pleurs ou en gémissements angoissés.

Toujours il y avait eu entre sa mère et lui l'ombre de l'autre fils, son frère Jawad, si doué, elle le répétait à l'envi, évoquant les facéties du jeune enfant d'une voix légère qui ressuscitait celle qu'elle avait dû être avant et dont il ne se souvenait pas, ou à peine, image fugitive d'une jeune femme joyeuse, pleine de candeur, qui adorait danser, tournoyant, son jeune enfant dans les bras au rythme des chansons mélancoliques d'Abdelhalim. Chaque protocole médical destiné à Jawad, dans son souvenir, correspondait à un déménagement, une maison plus petite, puis un appartement aux larges fenêtres encadrées de bois verni, l'immeuble était relativement bourgeois, habité par des familles de médecins, d'enseignants universitaires, un environnement calme, une rue ombragée non loin du marché de la place Pietri. Son père était de retour de l'université en fin de journée, le vieux cartable débordant de feuillets aux pages annotées se balançait au rythme de sa démarche rapide, et lui perché sur le muret protégeant l'accès à la cour de l'immeuble en compagnie d'autres enfants du quartier le guettait, scrutant le visage éclairé d'un sourire, le front barré d'un pli clair. Souvent, il pénétrait dans la petite pièce pompeusement nommée “le bureau”, les murs couverts d'étagères où s'entassaient les livres de son père, la table en bois épais et le fauteuil au rembourrage affaissé, il ne distinguait que le crâne penché, la chevelure abondante, striée de fils gris, une vie ailleurs, sa mère frappait deux coups légers à la porte pour signaler qu'il fallait passer à table ; assis sur la petite banquette disposée à l'angle de la pièce, il fixait les longues jambes de son père repliées sous l'assise de la chaise comme celles efflanquées des adolescents en classe, attendant la reddition devant l'exigence maternelle. Son père levait les yeux, la main suspendue au-dessus d'un de ses cahiers couverts de signes à l'encre noire, “tu entends ? Dans cinq minutes, elle va s'impatienter, mon fils”, et il abandonnait là ses études sur les conséquences de la construction d'un barrage dans la région de Sidi Kacem : la concentration des anciennes terres coloniales au profit de grandes familles caïdales, dépossédant les tribus de l'espoir de voir leurs anciennes terres justement réparties, la révolte de ces tribus et la répression organisée par le général Oufkir. Certains jours, le salon carré aux banquettes de brocart vert accueillait les membres d'un groupe de chercheurs dont son père faisait partie, des hommes en pantalons de velours côtelé et chandails gris ou marron, qui égrenaient fiévreusement les noms d'autres hommes dont les écrits répondaient aux leurs, analysant sans trêve les évolutions de la réforme agraire, les glissements idéologiques d'un régime qui déjà manifestait à l'égard de l'élite politique soucieuse de réformes et de justice sociale une méfiance atavique que l'enthousiasme des premiers jours de l'Indépendance avait recouverte d'une écume scintillante. Sa mère organisait alors depuis la cuisine la disposition d'un plateau de thé accompagné de pâtisseries que Zahra, qui vivait avec eux de mémoire d'enfant, déposait devant son père à l'intention de la petite assemblée fervente. L'enlèvement de Mehdi Ben Barka à Paris, les conséquences de sa disparition, la mobilisation des camarades… Les voix sourdes des amis de son père faisaient surgir un monde que rien ne laissait imaginer dans les rues ombragées de son quartier. Ce monde d'hommes inquiets, sérieux et intègres, il avait désiré en faire partie de toutes ses fibres d'enfant solide, il lui arrivait de sentir le soir dans son lit, juste avant de sombrer dans le sommeil, combien la tranquille gravité de son père était pleine de promesses pour l'avenir, et il endurait stoïquement la sollicitude angoissée de sa mère en rêvant à ce qui l'attendait, lorsqu'il pourrait enfin à son tour devenir un homme dont la voix profonde dirait le monde.

Mon vertige devant tant d'attente

Un bruit de casseroles remuées dans la cuisine l'arrache aux sortilèges du passé. Safia s'acharne à lui préparer des repas auxquels il ne touche presque pas, parfois le soir des recettes pour enfant convalescent : sa solitude le dédouanant de l'abandon de Médée, il fallait le consoler, lui qui se trouvait privé de la présence de sa femme et de ses enfants par une sorte de folie propre aux hommes, pardonnable au fond – riz au lait à la fleur d'oranger et aux amandes, pommes au four à la cannelle et au miel, comme si la douceur sucrée des mets pouvait atténuer le sentiment de perte qu'elle prêtait à Ismaïl. Mais lui prend goût à cette errance, après de si longues années passées dans les couloirs de l'hôpital Avicenne, son biper accroché à la ceinture, en alerte. Il y avait le retour vers Médée et les enfants, le soir, tard, la présence légère de sa femme, si éloignée de celle de sa mère accueillant son père avec les doléances de la journée, les progrès espérés de Jawad, et les soucis d'argent du ménage. Ismaïl pose la tasse de café froid à présent sur la soucoupe dépareillée, un léger agacement le traverse, vite oublié, il ne sait plus s'il reste du whisky dans la bouteille au fond du bar dissimulé dans la bibliothèque, les portes de bois massif ouvertes sur les verres larges et courts en cristal à fond épais, le seau en argent, les pinces et la boîte à cigarettes en cèdre sculpté. La porte de la cuisine est entrouverte, Ismaïl s'assure d'un coup d'œil que Safia a le dos tourné, il s'empare de la bouteille au liquide doré, un vieux whisky irlandais offert par un collègue de retour d'un congrès à Dublin, il entrouvre la baie vitrée, la bouteille contre sa poitrine, coincée sous son bras replié. Quelques jours sans alcool, il se l'était promis pour atténuer le tremblement de ses mains, mais la première rasade creuse dans son corps une coulée chaude, vivante et sa chair s'éveille à la caresse du soleil qui envahit la terrasse où règnent les chats étalés sur le sol tiédi. Il poursuit son chemin, bousculant un matou qui s'étire, et regagne la paix de sa chambre ouverte sur le jardin avec un soupir de soulagement, avale une longue goulée du liquide ambré, à nouveau cette sensation tiède jusque dans les reins, comme au sortir du bloc, quand il rejoignait Meriem dans la pièce de repos des internes, verrouillant la porte derrière lui, le ventre en feu, vivant jusqu'aux orteils, que pesait le reste face à la fête de sa chair embrasée ?

"Tu vas mourir, un jour poussière par la volonté de ton Seigneur", les fqihs assemblés dans le petit séjour de la place Pietri, il se souvient comme son cœur cognait alors, une sorte de cérémonie conjuratoire organisée par sa mère lors de la disparition de son père, leurs voix désaccordées emplissaient l'espace, si bien qu'il s'était senti plus oppressé, comme si leur présence rendait l'absence irréversible, colère contre ces deux femmes qui croyaient convoquer ainsi une clémence qui n'existait pas, la pitié d'un Dieu qui s'était absenté quand ces hommes avaient heurté avec violence la porte de l'appartement clos sur la tiédeur tranquille d'un soir d'automne, la table du salon encombrée de cahiers neufs qu'il fallait recouvrir, de livres, de feuillets et de paquets d'œillets : son père avait rapporté en revenant de l'université un premier chargement, comme il disait en riant, "ça c'est pour Ismaïl, notre futur médecin, hein mon fils ?", faisant allusion à la promesse d'Ismaïl face à sa mère pleurant après un de ces rendez-vous médicaux qu'elle multipliait dans l'espoir de soustraire Jawad à une dégradation irréversible, les médecins n'avaient pas alors évoqué l'autisme, si peu connu et répertorié : "Ne pleure pas, Ma, je serai le meilleur médecin de Rabat et je soignerai mon frère". Le regard de son père avait croisé le sien tandis que les hommes en civil faisaient sauter le verrou à coups d'épaule, sa mère avait crié : "Que se passe-t-il, Brahim ?" Son père continuait de le regarder, il avait cligné de l'œil comme s'il s'agissait d'un jeu entre eux deux, les hommes étaient entrés, bousculant sans ménagement sa mère qui s'interposait, attrapant son père par le bras, "suis-nous, sécurité nationale" et Brahim avait souri, un drôle de sourire en coin, "je voudrais embrasser mes enfants et ma femme", mais ils l'avaient poussé vers la porte fermement, Ismaïl avait couru vers son père, enfoui sa tête contre le pan de la veste de tweed gris, tiédeur du corps, effluves de tabac et de vétiver, puis le bruit des pas dans l'escalier et l'absence.

Il ricane presque dans le vertige que soulève en lui la descente rapide comme une langue de feu de la troisième lampée de whisky, plus ample, plus voluptueuse que les précédentes. Une euphorie obscure l'enveloppe, debout devant le lit conjugal déserté, Médée ou Meriem, il ne sait plus très bien, aucune n'a marqué de son empreinte la surface des draps tirés par Safia, si lisses que le lit bas et large ressemble à un catafalque dressé dans la pièce lumineuse. Il a amené Meriem un premier soir dans cette chambre, après leur retour de Sydney, une sorte de gage donné à la jeune femme que sa longue union avec Médée rendait vulnérable, indécise lui semblait-il : il attribuait alors une certaine distance, un curieux sentiment de désaffection qui commençait à l'ébranler sourdement, à une lassitude née chez Meriem de la certitude que le territoire de son ancienne vie avec Médée, sa vie de famille si unie demeurait au fond ce qui aurait le plus compté pour lui, quel que soit le sacrifice qu'il avait consenti pour l'installer au centre de sa vie précisément, et il avait proposé : "Allons dormir chez moi", au moment où la jeune femme après dîner le consultait du regard : passeraient-ils ou pas la nuit ensemble chez elle comme à l'accoutumée ? Il y avait sur son jeune visage cerné par la fatigue éprouvée durant les longues heures de tension au bloc opératoire une curieuse expression d'amertume, atténuée consciemment par une nuance de dérision dans la voix qui la vieillissait prématurément. Il avait ouvert la porte du jardin dans la nuit, la précédant pour la guider au milieu des grands arbres, le datura ployant sous les fleurs blanches sucrées embaumant le seuil, et sa main dans la sienne, ils avaient franchi ensemble l'entrée éclairée par la lampe basse que Safia prenait soin d'allumer avant de quitter la maison jusqu'au lendemain matin. Meriem arrêtée dans l'entrée, embrassant d'un regard la sobre élégance des lieux, sur une étagère quelques sculptures très pures de Médée, une mère à l'enfant en marbre blanc, à peine plus grande que celle jalousement conservée dans l'atelier sur le toit, puis transportée par Juan à Paris, Ismaïl l'a su plus tard, en même temps que les outils de sa femme et certains livres, quelques photographies des enfants, une statuette en résine transparente, ligotée dans des fils d'acier, disjointe d'une autre plus massive, entre elles des fibres de chanvre arrachées… Meriem avait tendu la main, timidement, effleurant la dévastation annoncée. Elle avait poursuivi son exploration des lieux, observant les dessins de Samia, déchiffrant les titres des livres qui s'empilaient sur la table basse, feuilletant un cahier de croquis resté là. Partout, Ismaïl s'en avisait alors même qu'il était trop tard pour reculer, elle rencontrait Médée, leur vie tissée comme une œuvre transparente et obscure, l'intimité d'une famille dont il apparaissait à ses yeux comme le survivant. Rien dans cette maison ne permettait à Meriem d'imaginer l'avenir, tout disait la profondeur fantomatique du passé.

Ismaïl a pu éprouver tout au long de cette première nuit passée dans l'ancien lit conjugal le raidissement de Meriem, sa peau hérissée de frissons involontaires, il a pu aussi effleurer ses limites. Une longue nuit parsemée de défaites intérieures au terme de laquelle les deux amants firent l'expérience de la douceur du matin, la lumière dorée filtrant à travers les persiennes enveloppant leurs tourments d'un voile tiède, installant une intimité fragile dans ce lit où les enfants d'Ismaïl et Médée venaient chercher refuge contre les corps de leurs deux parents lors des terreurs nocturnes. Est-ce à ce moment qu'Ismaïl aurait dû comprendre l'impossibilité pour Meriem de vivre avec lui, sous ce toit hanté par les traces éparses d'une longue existence commune avec Médée ? Il a senti au long des nuits qui ont suivi le désarroi en apparence surmonté de la jeune femme, ses gestes fermés dans l'amour, le repli intérieur, transcrit dans la chair, de sa sensualité auparavant ouverte et confiante. Cette crispation avait imposé une sorte d'inquiétude dans les gestes d'Ismaïl, comme si le corps de Meriem redevenait subtilement étranger, un corps non pas inconnu mais imprévisible, qui se dérobait dans les gestes les plus éprouvés de l'amour. Et lui-même, ébranlé, perdait la joie profonde que lui donnait la certitude de leur lien, ne la retrouvait que fugitivement, comme en souvenir, au détour d'une caresse. Il lui semblait avancer sur une terre qui se dérobait sous ses pieds, ses mains aveugles tâtonnant à la recherche de ce qui hier encore était là sans qu'il eût le souci d'y penser.

À Sydney, dans l'excitation de la découverte de l'équipe de neurochirurgie du Saint Vincent Hospital, un premier incident avait opposé les amants, Meriem reprochant à Ismaïl de la traiter comme une étudiante devant leurs collègues australiens, mais le conflit avait été surmonté ; il avait haussé les épaules. Ils se promenaient dans l'énorme aquarium de la ville, empruntant les tunnels de verre, marchant au milieu des requins dont les corps fuselés effleuraient les parois – Ismaïl avait cédé avec plaisir à la demande de Meriem qui voulait absolument le visiter, se débarrassant rapidement de sa blouse juste après une intervention au bloc, balayant d'un sourire confus la proposition d'un jeune chirurgien qui souhaitait l'accompagner. Ils avaient quitté l'hôpital à la hâte pour ne pas écourter la découverte des profondeurs aquatiques reconstituées avec une telle virtuosité qu'ils avaient eu le sentiment de pénétrer au cœur d'une sorte d'Atlantide engloutie, silencieuse, où nageaient des créatures si époustouflantes de beauté qu'eux-mêmes en devenaient aléatoires, conscients soudain de la grossièreté de leurs membres, la brutalité de leurs gestes, la sonorité de leurs voix. Là, au milieu de ces prodiges des profondeurs, Meriem avait brisé l'harmonie qui les unissait, écartant son corps du sien, les yeux pleins de colère : "Ne me parle plus comme tu l'as fait tout à l'heure, devant le Dr Kingsley. Je ne me suis jamais sentie aussi déconsidérée !" Il avait le regard rivé sur un requin dont la queue ondulait avec puissance. Il fendait l'eau bleue dans leur direction. Plusieurs visiteurs eurent un mouvement instinctif de recul. Les yeux de l'animal, étroits et tirés, ne brillaient pas, ils étaient mats. Il avait répété machinalement "déconsidérée" et elle avait fait deux pas en avant, lui tournant le dos, vers la paroi de verre. Il s'était avancé, la rattrapant par le bras. Pas ici, pas maintenant avait-il pensé, et il l'avait enveloppée de ses bras resserrés sur son corps tendu, progressivement assoupli, sa colère retombée lentement dans l'étreinte qu'elle interprétait sans doute comme l'expression d'un regret. Il savait ce qui l'avait blessée, son commentaire sur un geste audacieux, Meriem avait tendance à prendre des risques pour réparer le plus précisément possible une lésion cérébrale, mais lui désapprouvait la confiance insolente de certains chirurgiens dans leurs gestes, ne jamais mettre en danger une fonction essentielle, améliorer encore et encore, avec pour limite absolue la mise en danger de ce qui était intact. Il lui semblait que la confiance excessive en la sûreté de leurs interventions était le propre de cette nouvelle génération de praticiens, assistés par des ordinateurs puissants, souvent éloignés du geste lui-même, son incarnation dans la chair, par les membres mécaniques de machines qu'ils guidaient en techniciens purs ; et Ismaïl ressentait une irritation croissante devant ces méthodes chirurgicales qui séparaient le chirurgien de la matière molle, presque liquide par endroits, où naissent la pensée, le langage, le rire... Meriem défendait fougueusement l'usage des robots en chirurgie – "tu vois bien comme l'intervention est plus précise, tout est calculé au millimètre", s'efforçait-elle de faire entendre à Ismaïl, mais lui, réticent, arguait de la perte de la sensation du geste qui permettait au chirurgien d'affermir son intuition initiale, ou au contraire de la modifier, et que la machine ne remplacerait jamais. "Conflit générationnel", avait souri un collègue australien au terme d'un échange animé, et ce constat avait atteint Ismaïl, comme une alerte l'informant subtilement de sa prochaine obsolescence s'il s'obstinait à faire valoir les arguments issus de pratiques anciennes, lui que les avancées technologiques fulgurantes des dix dernières années pouvaient priver de ce qui avait constitué le viatique de ses propres professeurs, l'expérience sacrée des grands maîtres que les étudiants révéraient à l'égal de totems indétrônables. Il le savait, les temps sont durs pour ceux qui vieillissent, lui-même avait pris autrefois part à la curée, alliant à la sûreté de son geste la morgue rentrée du jeune chirurgien qui voit la première fois chanceler son maître, une grimace de douleur au cours d'une intervention trop longue, des lombaires qui trahissent, parfois le scalpel tremble à peine dans la dure lumière du bloc ; mais c'était un signe pour l'équipe à l'affût, et lui, prompt à soulager le maître, suppléant adroitement un geste incisif, dont la justesse le saisissait, qu'il terminait sur un signe de tête de celui à qui il devait tout, et dont il anticipait déjà la déchéance prochaine. Sans doute ce qui avait atteint Meriem, dont il connaissait désormais l'intelligence aiguë comme une lame, c'était ce qu'elle avait entendu au-delà de la remarque, un jugement sur sa maturité de praticien, une manière détournée et au fond peu honnête de sceller une alliance avec le patron australien contre cette jeune femme si douée dont il avait oublié, à cet instant où il lui avait semblé qu'elle menaçait insensiblement sa propre position, combien il la désirait pour lui.

Ce séjour à Sydney avait marqué pour Ismaïl un tournant à plus d'un titre, et pas seulement parce qu'il avait abandonné sa femme de trente ans dans un aéroport, geste qui ne lui paraîtrait insensé que bien plus tard. Car au moment où il avait quitté Médée, la rupture était pour lui accomplie depuis plusieurs semaines, la douleur singulièrement absente, puisque tout ce qui organisait à ce moment précis la totalité de ses pensées, de ses désirs était l'urgence de retrouver Meriem, inconsciente à cet instant du sacrifice de Médée qu'il ne lui révélerait qu'une fois embarqué dans ce vol pour Sydney, où ils reposeraient côte à côte, enveloppés dans les couvertures bleues et soyeuses mises à leur disposition par des hôtesses officiant au milieu des passagers somnolents. Il se souvient de l'expression de Meriem, incrédule, il avait fini par quitter Médée pour elle, son ancienne étudiante, jamais elle n'avait songé à cette éventualité, vivant au jour le jour une passion qu'elle ne nommait pas, lui avait-elle avoué, qui s'inscrivait par effraction dans sa jeune existence toute dédiée à la chirurgie, brûlant d'apprendre encore et encore, consciente de ses aptitudes exceptionnelles. Avant que ne débute son histoire avec Ismaïl, Meriem rêvait d'obtenir une bourse pour poursuivre sa formation au sein d'une prestigieuse équipe de neurochirurgie américaine, à New York. Elle avait déposé un dossier auprès de plusieurs hôpitaux new-yorkais, appuyée dans sa démarche par certains de ses professeurs, mais sans préméditation aucune, elle n'avait pas sollicité le parrainage pourtant efficace d'Ismaïl, lui préférant celui d'un autre patron dont elle avait été l'élève préférée au long de sa maîtrise d'assistanat. En l'informant ainsi de sa rupture avec Médée, sans jamais avoir manifesté auparavant qu'il envisageait de changer de vie, et par là même de modifier la sienne, ce qu'elle comprenait alors qu'elle accueillait, bouleversée, la certitude de cette rupture définitive, puisqu'il avait fait en sorte d'inscrire son irréversibilité dans l'abandon lui-même, comme pour être certain de brûler tous ses vaisseaux, de ne plus regarder en arrière. Ismaïl lui offrait un gage d'unicité si lourd qu'elle avait vacillé en le recevant. Il la propulsait dans le même temps à une place dont elle n'avait pas rêvé, elle qui l'aimait à la périphérie d'une vie si construite, si riche qu'elle avait accepté d'en faire partie autrement. Il y avait eu dans cet amour, dont elle avait senti la croissance en elle comme on sent qu'on porte une vie nouvelle qui affecte la sienne propre de manière irréversible, une urgence désespérée à se retrouver en marge de leurs vies vécues ailleurs, la sienne à lui pleine à craquer de déjeuners familiaux, de liens sociaux joyeux et cossus, du moins l'imaginait-elle ainsi, les dimanches où elle l'attendait, le jour déclinant, dans son appartement où persistaient – elle avait pourtant largement entamé la trentaine – des traces de sa vie d'étudiante libre et insoucieuse d'un confort organisé, fils tendus dans la salle de bains minuscule où séchait le linge, ses soutiens-gorges en coton et dentelle blanche, les bas noirs ou couleur chair, un jean aux jambes minces raidies par la chaleur du chauffage à gaz sur roues en hiver, le vieux canapé de la pièce à vivre recouvert d'un plaid coloré pour dissimuler les accrocs du tissu qui le revêtait initialement, les livres posés en piles sur la table, des rideaux de brocart ancien cousus par sa mère.

Ismaïl arrivait, et il lui semblait, en ouvrant la porte de l'appartement dont elle lui avait remis une clef, renouer avec une très ancienne version de lui-même. Il s'affalait sur le vieux canapé avec une nonchalance venue d'une vie antérieure qu'il retrouvait là, malmené par le rembourrage confortable, un peu trop mou que le corps léger de Meriem n'avait pas affaissé, mais qui commençait à garder l'empreinte du sien. Sur le tapis chiné à Taznakht même, où ils s'étaient rendus ensemble à la faveur d'un déplacement de Médée envolée pour Paris afin d'y rendre visite à ses enfants – et Ismaïl avait alors goûté le bonheur profond de plusieurs nuits d'affilée avec Meriem, sa respiration sonore entrecoupée de sursauts enfantins, la chaleur de son corps ferme, ses cheveux bouclés sur l'oreiller le matin comme une cascade traversée de rougeoiements lumineux, ses yeux émouvants entrouverts –, il y avait aussi une sorte de pouf large et carré, en velours lisse… Il se souvient avec précision du moment où il l'avait observée, penchée sur une vieille femme tatouée au front, dans l'atelier de tissage où ils avaient choisi ensemble ce tapis qu'il lui avait finalement offert, la pensée l'avait traversé, fugitive, d'un enfant avec elle, joyeux, avec des yeux tirés. Quatre jours pleins dans la région de Taroudant, dans la petite ville de Taliouine enveloppée des effluves du safran cultivé sur les flancs des montagnes aménagés en terrasses, où ils avaient séjourné dans la maison d'hôte pleine de charme choisie par Meriem, bénéficiant de la largesse de vue de Souad, la propriétaire, qui avait fermé les yeux sur leur statut de couple illégitime, n'exigeant aucun document officiel attestant qu'ils étaient mariés. Et en ce mois de novembre, où le ciel pur et glacé déversait des flots de lumière, ils pouvaient, serrés l'un contre l'autre, voir le mouvement incessant des paysans qui se penchaient sur les corolles bleues pour cueillir délicatement la fleur dont ils extrayaient ensuite la précieuse épice. Le deuxième jour, ils avaient roulé jusqu'aux gorges de Tislit et marché deux heures le long de l'oued, admirant les pitons surgis de terre comme des divinités tutélaires. Meriem lui apparaissait apaisée, il avait senti son ancrage profond parmi les gens, il y avait en elle une simplicité qui le reposait, un refus de penser, de commenter, une aptitude à vivre sans transformer ce qui était vécu, sans se l'approprier, une spontanéité qui rappelait la sûreté de ses gestes au bloc opératoire, l'intuition immédiate de ce qui est donné. Il n'en finissait pas de s'emplir d'elle, comme on s'abreuve à une source claire qui ne tarira pas : elle lui rendait sans le préméditer, sans même en être consciente, l'immédiateté des jours, la certitude de son corps, de son souffle, de la terre sous ses pieds, qui lui avaient été ravies au moment où il avait vu disparaître son père poussé vers la porte de leur appartement ce soir-là.

Que rien ne peut vieillir, froidir

L'affolement de sa mère les jours qui avaient suivi, son acharnement à solliciter les membres de la famille dont elle espérait une intervention quelconque, harcelant ses deux beaux-frères tout aussi impuissants qu'elle, désolés et furieux – on lui avait dit de cesser ses publications, il a reçu plusieurs avertissements, vois ce qu'ils ont fait à Mehdi et aux autres –, avaient moins ébranlé Ismaïl que ce qui s'était produit pour lui, entre l'instant où il avait étreint son père, le visage enfoui dans sa veste de tweed aux effluves de tabac et de vétiver si familiers, et, une seconde plus tard, la dépossession radicale, dont la certitude l'avait frappé en même temps que le claquement brutal de la porte de leur appartement derrière les trois hommes. Ce n'est que deux ou trois jours après l'enlèvement, la *disparition de Brahim*, comme il devint par la suite naturel de nommer cet événement en réalité innommable, qu'il perçut l'intonation de ceux qui osaient l'évoquer muait, assourdie et profonde, *ils l'ont fait disparaître*, ainsi parlaient-ils de son père, l'indéfinition même de l'identité des exécutants contribuant à assombrir l'espoir de le revoir un jour, le mot disparaître chargé des éventualités les plus terribles. Et ses oncles évoquaient en baissant la voix toutes les possibilités, réclusion de plusieurs années, torture, ou simple exécution, impossible de savoir pour l'instant, ignorant la présence attentive d'Ismaïl caché derrière la porte du salon, épiant les conversations des adultes.

Il y avait dans le terme exécution quelque chose de martial, d'immédiat, qui ne correspondait pas à ce qu'il savait de son père, penché sur ses recherches, noircissant inlassablement des feuillets qui disaient son pays, sa terre, ses habitants. En quoi cet homme dont la vie était dédiée à la recherche d'une vérité menaçait-il l'ordre de la société qui s'annonçait ? Les mains blanches de son père, tavelées légèrement, carrées, les paumes pleines qui caressaient sa joue, les avant-bras piquetés de taches de rousseur révélées en été lorsqu'il remontait les manches de sa chemise dans le bureau aux persiennes tirées, luttant contre la chaleur étale à l'aide d'un ventilateur dont le vrombissement n'interrompait pas le cours de sa pensée calme, et derrière la porte close, l'agitation de sa mère organisant le départ estival pour le Nord, la maison familiale, blanchie à la chaux, accrochée au flanc de la montagne. Il fallait aux cousins constitués en une bande indisciplinée et bruyante un bon quart d'heure de marche avant d'atteindre la mer qui s'offrait, couchée contre le ciel, depuis la terrasse dallée de faïence, comment croire à la disparition de ce qu'il avait senti vivant ?

Ils étaient couchés dans le lit de la maison d'hôte, les volets fermés, mais la lumière déjouant l'obstacle du bois peint s'infiltrait dans les rainures des battants, révélant leurs corps enchevêtrés, "mon amour", soupirait-il, et tout en lui l'aimait. "J'attendais ces vacances, non parce que j'espérais retrouver mes cousins, mes tantes et mes oncles réunis, mais parce que ma mère oubliait la maladie de Jawad là-bas, et tu sais, moi aussi. Peut-être que la montagne et la mer ensemble nous guérissaient tous, il y avait dans notre vie, pendant un mois, quelque chose de libre, de sauvage, d'intensément joyeux qui nous était rendu." Meriem l'écoutait dans la pénombre, son silence attentif l'enveloppait. "Jawad changeait dans cette maison, il passait ses journées à dessiner face à la mer, presque souriant, et ma mère retrouvait sa gaieté, son énergie. Ce que j'attendais plus que tout, c'était ces aubes avec mon père, nous descendions ensemble à la mer, la brume s'attardait parfois, palissant ce qui restait d'étoiles, je me souviens de l'odeur des eucalyptus avec celle plus âcre de la Méditerranée, la barque de mon père était amarrée, il y avait un petit moteur qu'il fallait démarrer en tirant sur une corde d'acier qui coupait un peu les doigts, l'eau était si lisse, il n'y avait que nous, et ce ciel, cette mer obscure et déjà claire." Il s'était tu. Elle n'avait pas insisté, sa main dans la sienne abandonnée, il avait poursuivi, coupant court : "J'ai cette sensation, ces jours-ci, la même, les vacances, tu vois, le temps de vivre, ce n'est pas rien." Elle avait acquiescé : "Oui. Ce n'est pas rien." Ce n'était pas rien, ces heures bleues, soudainement voilées d'or, lorsque le soleil balayait ce qui restait de nuit et qu'il fallait rentrer, le seau plein de poissons aux écailles luisantes, et son père soupesant la pêche souriait à la pensée de l'admiration des femmes qui allaient transformer ce viatique en fritures odorantes qu'il ferait bon déguster arrosées du jus des citrons cueillis aux arbres de la cour intérieure. Il lui offrait la mer : "Vas-y mon fils, baigne-toi avant de rentrer." et Ismaïl plongeait dans l'eau froide, la tête la première, le corps étiré, il voulait que son père soit fier de lui ; les cils lourds de sel, il cherchait le regard de l'homme joyeux dont il était le fils. Puis il fallait rentrer, le soleil entamait la morsure du jour, à nouveau amarrer la barque, nouer solidement la corde qui la rattachait au vieux ponton. Et remonter la falaise escarpée jusqu'à la porte peinte en bleu, encadrée de bougainvilliers et de lauriers fuchsia que sa mère arrosait au crépuscule. Déjà levée depuis longtemps, elle les attendait, debout sur le seuil, et Ismaïl découvrait chaque fois l'amour qui liait ses parents, le regard de Brahim sur sa femme, la chevelure dénouée au soleil, sa robe blanche rabattue par la brise d'été, un amour sans paroles, presque sans gestes, il lui tendait le seau, elle admirait la prise, et ils entraient derrière elle jusqu'à la cuisine où les effluves de café chaud et de baghrir tiraient du sommeil les uns après les autres les habitants de la maison.

Ce que Meriem lui rendait, et qu'il avait perdu depuis si longtemps qu'il avait oublié qu'il l'avait perdu, c'était ce sentiment plein de simplicité, l'évidence de sa respiration, de ses gestes, son souffle coupé au moment où ses mains avaient rencontré le vide, dépossédées du corps de son père. Pas un jour vécu depuis sans que s'arrête, une fraction de seconde, un geste esquissé, une joie traversée, une étreinte suspendue dans la remémoration spontanée et abyssale de la perte, et le surgissement de l'angoisse dévorante des premiers temps : que lui ont-ils fait, qu'est-il advenu de lui ? Dans ces moments-là, il semblait à Ismaïl que rien ne lui permettrait de trouver la force de terminer ce qu'il avait commencé ce soir-là, quand il s'était précipité trop tard contre la porte claquée, cognant avec la violence du désespoir, retenu par sa mère dont les mains menues l'agrippaient, l'empêchant de courir derrière les trois hommes engloutis par la nuit, comment respirer à nouveau sans qu'explose à l'intérieur de son corps la boule de colère et d'impuissance qui menaçait de l'emporter tout entier ? Les jours suivants s'étaient écoulés dans l'attente de nouvelles, ponctués par les sanglots de sa mère, ses appels frénétiques pour solliciter, exiger, quémander, et Ismaïl assistait à l'effondrement de cette femme fière, bredouillant des supplications après des heures d'attente dans les antichambres froides de quelque dignitaire, surgissant avec une cynique bonhomie, ou une compassion lassée, “il faut patienter, nous allons faire l'impossible, Si Lotfi est un ami de longue date, nous nous sommes connus sur les bancs de l'école”, faisant allusion à l'époux de sa sœur aînée Najia, un homme d'affaires qui avait, pour sa belle-sœur qu'il affectionnait, sollicité ses nombreux réseaux au sein de l'Administration publique. Mais Lotfi lui-même avait fini par la morigéner : “Hourya, il faut que tu cesses de vivre ainsi. Brahim peut ne pas revenir, nous ne savons pas ce qui s'est passé, il faut que tu reprennes des forces, que tu t'occupes de tes enfants, ils ne peuvent continuer ainsi, privés de père, et de mère. Je suis là pour vous, tu sais que tu peux compter sur moi, sur nous tous." Un gémissement sourd était sorti des entrailles de sa mère, une plainte qu'il ne pourrait pas oublier, comme si son oncle avait prononcé l'arrêt de mort de Brahim. "Pourquoi n'est-il pas en prison ?" questionnait-elle, et la tonalité mécanique de sa voix était plus impressionnante pour Ismaïl que tout le reste, elle répétait, de manière lancinante, "pourquoi n'est-il pas en prison ?". Son oncle ne répondit pas, ni ce jour ni plus tard et, devant l'obstination de sa belle-sœur, il finit par espacer ses visites. Brahim avait emporté avec lui son monde joyeux et fraternel, le craquement des livres, les réunions où ses camarades et lui commentaient avec passion l'actualité du pays mais aussi celle de Palestine, les tablées rieuses du dimanche, l'optimisme généreux qui imprégnait son regard sur ses étudiants, sa passion de la justice et de la vérité.

Restait une maisonnée désolée, où sa mère errait telle une âme en peine quand elle ne courait pas leurs connaissances dans l'espoir chaque jour amenuisé d'une information fiable sur le sort de son mari. Il avait traversé l'adolescence ainsi, soutenant sa mère qui bataillait pour subvenir aux besoins de ses quatre enfants. À la modeste mensualité envoyée par Lotfi qui ne les avait pas totalement abandonnés s'ajoutait son salaire d'enseignante au lycée. Ils avaient appris, tous, à vivre sans Brahim, en l'attendant toujours. Hourya recevait la visite de ses anciens étudiants, d'un collègue, quelques camarades du département de l'université de sciences sociales. Elle disparaissait parfois elle aussi, confiant à Zahra la gestion de la maisonnée, et surtout la surveillance de Jawad, et avant de sortir elle appelait Ismaïl, ses yeux plantés dans les siens, "je te confie ton frère et tes sœurs, ne t'inquiète pas, je vais rentrer", et elle partait à pas pressés. De retour, elle entrait chez son fils penché sur ses cahiers, posant la main sur sa tête : "Que Dieu te bénisse, tu ressembles à ton père ainsi, la même passion de savoir, d'apprendre, tu seras le meilleur des médecins, il l'a toujours dit, « tu verras notre Ismaïl, un grand chirurgien si Dieu veut »." Elle s'asseyait sur son lit, épuisée, enlevant son manteau d'un geste las, et il regardait le visage de sa mère devenu terreux depuis la disparition de Brahim, comme recouvert d'une pellicule terne qui éteignait sa peau dorée, de grands cernes violets mangeaient les yeux noirs, immenses, qui erraient comme des oiseaux blessés. "Ton père sera fier de toi quand il rentrera", elle parlait ainsi, comme si Brahim devait revenir de toute évidence, et elle ajoutait invariablement, un espoir tremblant traversait alors sa voix : "Il est en vie, je le sais de source sûre, j'ai vu des gens importants aujourd'hui, ils vont le relâcher, c'est une question de temps."

"Une question de temps, mama, mais combien de temps ? Où est-il ? Est-ce que ces gens te l'ont dit ?" Elle ouvrait les mains, ses paumes vides sur les genoux, impuissante devant l'adolescent en colère.

"Une question de temps mon amour", c'est ce que Meriem lui a dit, quand elle lui a parlé de cette réponse du New York Hospital, acceptant sa candidature pour une formation supplémentaire dans le service de neurochirurgie de Cornell, elle était si enthousiaste qu'elle lui avait appris d'un coup son projet mais aussi le recours au parrainage de son collègue de longue date, “mais mon amour, je n'y pensais plus, c'était si improbable, cette réponse, j'ai envoyé mon dossier sans aucune illusion, pour ne pas regretter un jour de ne l'avoir pas fait”, avait-elle répondu, la voix empreinte d'une joyeuse excitation, à ses questions, pourquoi ne l'avait-elle pas informé de cette démarche, quand ce dossier avait-il été envoyé ?... Il avait découvert, ébranlé, combien au fond elle avait peu cru en leur amour, organisant une échappée pour sortir du piège d'un lien condamné à ses yeux par la longue union d'Ismaïl et Médée. Aujourd'hui c'est lui qui est confronté au temps, pris au piège de ses roues dentées, qui le déchiquettent avec minutie, lui ôtant lentement tout ce à quoi il tient, et à nouveau, il tend ses mains devant lui, paumes tournées vers le sol, le tremblement est imperceptible, seules les extrémités de ses doigts sont agitées de mouvements flottants, comme des animalcules dans la lumière qui s'insinue à travers les rideaux tirés. Hourya comptait les jours, suspendue aux promesses de sa sœur Najia, “Lotfi dîne ce soir avec le général X, nous en saurons davantage, sois patiente, ne te ronge pas, tes enfants ont besoin de toi”. Ils sortaient sa mère et lui comme deux réprouvés de la maison animée de sa tante qui recevait les épouses de notables liés à son mari, accompagnant sa sœur jusqu'à la porte, s'excusant auprès de ses amies parfumées, vêtements soyeux et regards sereins de femmes dont les époux sont bien en place, solidement installés à la tête d'administrations leur garantissant la respectabilité et des émoluments confortables. “Je t’appelle demain, ma chérie, rentrez bien”, et elle fourrait dans sa main un billet de cent dirhams en même temps qu’un paquet dans lequel elle avait disposé quelques-unes des pâtisseries qui seraient servies avec le thé à ses relations de circonstance. Étaient-ce les soucis, le chagrin lié à l’incertitude sur le sort de son père ? Ismaïl tenant la main de sa mère sentait, plus intime que le parfum de rose légèrement poudré, une odeur un peu aigre, qu’il flairait comme un jeune chiot sur ses tempes, à la naissance des cheveux, tandis qu’il l’embrassait hâtivement, mesurant son courage et sa détresse avec une terreur indicible, que se passerait-il si à son tour elle disparaissait ? Un jour elle avait tardé. Il connaissait par cœur les horaires de ses cours au lycée Lalla-Aïcha. Elle y enseignait les mathématiques. Il avait quitté l’appartement furtivement, abandonnant ses cahiers ouverts, et avait erré dans les rues à sa recherche, des sanglots dans la gorge, questionnant les commerçants du quartier, avant de tomber sur une silhouette menue qu’il ne reconnut pas de dos, sa mère, les cheveux courts, sortant de chez le coiffeur d’une rue perpendiculaire à la place Pietri, une hésitation devant le geste familier, elle avait lissé son cardigan le long de sa jupe, ses pieds fins chaussés d’anciens escarpins gris dont elle prenait grand soin, “maman”, dans le soir qui tombait elle s’était retournée, les yeux pleins de tendresse, son petit visage encadré de ce qui restait de sa chevelure sacrifiée, il avait ressenti jusqu’aux os sa jeunesse, sa féminité troublante, marchant à côté d’elle dans la rue balayée par le vent frais de ce mois d’octobre, plus grand qu’elle déjà, il avait pris conscience de sa force d’homme, elle avait appuyé fugitivement sa tête contre son épaule, “mon fils, comme tu ressembles à ton père”.

Il avait raconté un soir à Meriem la disparition de son père, allongé la tête sur ses genoux dans le divan un peu mou de son appartement, elle caressait ses cheveux comme autant de copeaux cuivrés striés de fils argentés, silencieuse tandis qu'il évoquait le sentiment de responsabilité qui ne l'avait plus quitté. “Responsable de qui ?” avait-elle fini par demander, la voix assourdie. Il avait répondu, le front barré d'un pli qu'elle lissait du bout du doigt, appliquée comme une enfant maniaque : “De ma mère, de mon frère, de mes sœurs jusqu'à leur mariage, puis de ma femme et mes enfants, de mes patients, des jeunes chirurgiens que je dois former.” Elle n'avait rien dit. Il avait ri un peu : “au fond, responsable de tous, sauf de ma propre joie. Ma joie c'est toi, ce que nous vivons là, sans poids, sans questions, sans crainte.” Elle avait replié ses jambes, le bousculant un peu, mais il avait gardé sa tête obstinément sur ses genoux, entourant son buste de ses bras, pour sentir sa chaleur. “On ne craint que pour ce qu'on aime. Ne pèse que ce qui compte. Mon amour.” Sa gravité l'avait alerté, mais elle s'était penchée sur lui, le regard ouvert, sans ombre. Et il l'avait enlacée plus étroitement, repoussant la pensée qui creusait une fissure imperceptible, elle lui signalait quelque chose, un constat, et à ce moment-là, le commencement d'une amertume chez la femme qu'il aimait.

Face à lui sur la fine console dont Médée a sculpté le dessus en bois de rose, le portrait de sa femme le regarde, dans cette chambre où ils ont vécu côte à côte de longues années. Il lève son verre, titubant légèrement, "à la tienne, Médée chérie, toi qui réussis tout ce que tu touches, même moi, tu m'as touché, et j'ai réussi au-delà de mes espérances. Tu as réussi nos enfants, notre maison, ton œuvre, et même ta chute dans cet aéroport, avec ce Juan sorti comme un lapin d'un chapeau… Regarde-moi, chérie, ton vieil Ismaïl bon pour la poubelle. Un pauvre type bientôt lâché par cette petite, elle partira pour New York vivre son destin de chirurgien, qui sait si elle reviendra. Eh oui, chérie, elle me larguera avec le même sincère pragmatisme qui m'avait tant reposé de ta loyauté sans faille". Il sait qu'il est injuste, c'est lui qui pressent la fin de cet amour ; à la fin, il assistait à l'essoufflement de leur histoire, ranimant les braises jusqu'à l'épuisement.

Il se penche sur le cadre argenté au fond duquel le visage de Médée émerge dans un halo de lumière, elle est vêtue de blanc, assise sur la pelouse, elle sourit au photographe, les yeux mi-clos, les mèches d'or sombre se détachent dans toute cette clarté, le cliché est légèrement surexposé, produisant une curieuse sensation d'effacement, si bien que la jeune femme sur l'herbe semble flotter, on distingue au fond le tronc d'un cyprès. Contre les genoux de Médée il y a Adam, l'enfant au regard grave comme celui de sa mère, sur la photographie on ne distingue pas la couleur de leurs prunelles, un violet tour à tour clair ou assombri, qui les rend curieusement jumeaux, la mère et le fils qu'il regarde, planté devant la console. Il a posé son verre sur un des chevets, de ses mains libres il prend le cadre, l'approche de ses yeux, scrute l'image qui lui échappe et l'emporte avec lui, la dépose sur le lit où il s'étend, la bouteille et son verre de whisky à portée de la main. Il a perdu son fils. Cette certitude lui tord le ventre, comme la voix contrainte de Samia au téléphone quand elle l'appelle de Londres une fois par semaine tel un bon petit soldat, pour "prendre de ses nouvelles". Adam n'appelle plus. Son fils. Anthropologue comme son grand-père... Perché avec sa mère dans l'atelier sur le toit, l'observant des heures durant, familier des créatures qu'elle coulait dans la résine, liait par des fils d'acier, suspendait dans des maisons de verre et de bois dont elles semblaient prêtes à s'échapper au moindre prétexte. Médée et Adam, aujourd'hui liés par sa trahison, lui qui aurait dû les protéger toujours. La même profonde douceur qui dissimule une âme d'airain : il y a ce qui est juste et bon, et le reste, que ces deux-là ne considèrent pas, détournant pudiquement leur regard des turpitudes boueuses où il s'est enlisé. Il tend la main vers la bouteille qui luit dans la pénombre, demain il cessera de boire, c'est décidé. Tandis qu'il avale une rasade suivie d'une autre, la main de fer qui étreint ses poumons se desserre et il respire profondément, cette folie de se rendre à Paris avec Meriem dès que leurs emplois du temps le permettaient, comme si cette ville était la leur, comme si son fils et sa compagne n'y vivaient pas, ni Aya, son mari et ses enfants... Il a tout recommencé avec Meriem, balayant d'un revers de la main le passé, il a voulu sans doute, sans en être pleinement conscient, débusquer son fils sur ce territoire où il construit sa vie de chercheur loin de lui, arpenter les rues de Paris le corps lié à celui de cette femme, appréhendant dans une sourde excitation la rencontre qui n'avait pas manqué de survenir au détour d'une rue éloignée des boulevards, alors qu'ils longeaient enlacés le jardin du Luxembourg, le soleil froid d'un début d'automne mettait une poudre dorée sur le bitume gris où les feuilles tombées des marronniers déployaient un tapis crissant sous leurs pas nonchalants. Il avait choisi précisément ce quartier sachant que son fils y habitait, pourquoi, mais pourquoi s'interroge-t-il à présent que tout est consommé, ce désir de parade, un vieux lion qui rugit devant son successeur, et son rugissement fait trembler la savane une dernière fois, le regard de son fils blessé devant le couple, et celui interdit de Meriem lorsqu'il avait dit "mon fils, Adam, dont je t'ai tant parlé". Ils se faisaient face sur ce trottoir soudain exigu, Meriem avait esquissé un geste de retrait mais il l'avait maintenue fermement contre lui, et Adam avait regardé son père dans les yeux. Puis il avait hoché la tête, un bref salut, et s'était détourné, ils l'avaient regardé s'éloigner, sa longue silhouette, le cartable de cuir débordant de feuillets serrés contre l'ordinateur se balançait au bout de son bras, tandis qu'une très ancienne image surgie du passé – son père de retour de l'université – l'installait dans une vulnérabilité si vivante qu'elle lui sembla neuve.

Le soir même, il avait appelé Adam du téléphone de l'hôtel, craignant que son fils ne répondît pas en voyant s'afficher le numéro de son père. Il avait décroché, la voix brève, et Ismaïl avait demandé à le rencontrer le lendemain dans un café de la rue de Babylone, proche de l'École des hautes études où il enseignait. Il s'était installé à une table au fond de la salle animée, observant les hommes adossés au comptoir, les jeunes femmes arborant les restes d'un hâle estival, l'assurance sereine qui émanait des couples assis ensemble, une population cossue, établie, sûre de ses droits et de sa place dans le monde. Meriem préférait les cafés autour de la place de la République, raillant son conformisme social, mais lui assumait cette paix qu'il trouvait là, au milieu de ces anonymes dont aucun ne réveillait sa compassion, et qui lui permettaient de ne pas se tourmenter comme il le faisait tous les jours à l'hôpital, envisageant les interventions les plus complexes, évaluant la fragilité de ses patients, pas seulement la faiblesse de leur corps, mais la possibilité pour eux d'assumer financièrement les traitements nécessaires à la convalescence, calcul exténuant, qui organisait ses gestes de chirurgien dans une conscience toujours douloureuse des limites. Adam avait franchi le seuil, et le cœur d'Ismaïl avait cogné dans sa poitrine rétrécie, son fils avançait vers lui, il s'était levé un peu trop vite, la tasse de café à moitié pleine avait glissé sur la soucoupe, le temps de la retenir de la main droite, il avait manqué le regard d'Adam et observait debout son fils tandis qu'il s'installait, posant son vieux cartable de cuir sur le sol, croisant ses longues jambes repliées sous la chaise ; "tu t'assieds comme ton grand-père, les jambes croisées sous ta chaise. Je l'observais quand j'étais gosse pendant qu'il travaillait. Tu lui ressembles beaucoup".

Il y avait dans ce lien qu'il établissait entre le passé englouti, son père dans ce petit bureau où plus personne ne rentrait après sa disparition – sa mère en avait fait une sorte de sanctuaire qu'elle avait ouvert à Ismaïl des années plus tard, au moment où il préparait le concours de l'internat de médecine, il s'était assis pour la première fois à la place de son père, étendant les jambes sous le bureau impeccablement entretenu, la pièce lui semblait changée, il la voyait comme son père l'apercevait lorsqu'il levait les yeux et rencontrait le regard de l'enfant qui l'observait penché sur ses carnets, il n'y avait pas d'enfant alors pour le voir tandis qu'il étudiait jusqu'à l'épuisement – et son fils aujourd'hui une sorte de douceur conjuratoire, comme si ce fils ne pouvait ignorer la force du rappel de la transmission dont lui-même, Ismaïl, n'avait été que le maillon sacrifié. Et en effet, le regard d'Adam s'était adouci. Ismaïl avait poursuivi, volubile comme un enfant pris en faute qui fait diversion, quémandant sans s'en apercevoir une sorte d'absolution face à ce fils qui était presque l'incarnation masculine de sa mère, mêmes prunelles troublantes, même finesse, mais avec dans son corps longiligne une puissance nerveuse. Ismaïl se sentait nu sous le regard calme de son fils, et en lui grondait une colère impuissante, il convoquait frénétiquement l'ombre de son père comme une protection, mais naissait au même moment le constat d'un échec cuisant, une telle désolation que rien jamais ne pourrait lui permettre d'en finir avec cette amertume qui le submergeait, la certitude que son fils ne pourrait que lui pardonner sans comprendre, sans accepter l'homme qu'il était devenu, assez féroce pour sacrifier sa mère tant aimée à cette jeune femme au visage banal, il voyait Meriem comme elle était apparue à Adam, l'incrédulité dans ses yeux face à la jeune femme serrée contre son père. Adam a esquissé un curieux geste, il s'en souvient, quand son père s'est penché dans un élan incontrôlé pour l'étreindre, il a placé sa main devant son visage comme pour se protéger, et Ismaïl a compris que le temps des accolades entre père et fils était révolu, Adam avait ôté sa main si vite qu'Ismaïl aurait pu feindre de n'avoir rien remarqué. Adam avait quand même offert à Ismaïl le récit de ses visites dans les camps de migrants installés en Europe, l'univers concentrationnaire recréé par l'encerclement, la pénurie et les dispositifs de surveillance sophistiqués enfermant les hommes, les femmes et les enfants blafards en provenance de cet Orient que les Européens n'en finissaient pas de convoquer et d'anéantir dans le même mouvement depuis le temps des croisades. Ismaïl écoutait la colère de son fils, surgissait devant ses yeux une réalité insoutenable, enfants décharnés aux corps rongés par les parasites, femmes épuisées par les violences de la guerre, et à nouveau par l'inhumanité des conditions d'hébergement sur le sol européen qui devenait une autre incarnation de l'enfer ; à proximité des camps, à quelques kilomètres, la prospérité des villes où certains de ceux qui appartenaient au Vieux Continent se groupaient autour de slogans haineux, refusant l'humanité des damnés de ces terres dévastées.

Et tandis que son fils racontait l'exode, l'exil, la relégation, surgissait l'image de Hourya rencontrant enfin les survivants libérés, les compagnons de cellule de son mari dans la région de Taroudant. Brahim était bien mort en détention quelques années après sa disparition, elle avait ressassé les anecdotes de ces anciens prisonniers évoquant l'exiguïté des cellules, l'indifférence des geôliers, Brahim avait contracté une infection pulmonaire, ses compagnons l'avaient entouré jusqu'au bout, ils évoquaient devant elle son érudition fraternelle, sa générosité, la lutte de chaque instant contre la folie du temps arrêté, des corps entravés, de cette détention sans motif palpable, sans fin annoncée, sans issue apparente. Il y avait dans ce café de la rue de Babylone où le père et le fils étaient attablés l'un face à l'autre toute la douleur du monde convoquée dans l'atmosphère tiède, le corps de Brahim à même le sol de ciment de la cellule, si amoindri qu'il en était méconnaissable, les yeux des enfants aux profondeurs insondables pleins des violences de la guerre, ceux d'Adam fixés sur son père débordant de tristesse et de colère, et autour d'eux les effluves denses des premiers repas servis aux habitués attablés avec gourmandise, goûtant la prospérité joyeuse de cet établissement qui conservait les traces d'un passé populaire. “Mon fils qui ne peut plus m'aimer grogne Ismaïl, allongé sur le lit conjugal, le fils de sa mère pas celui de son père, tu as gagné chérie, moi en bourreau, toi en victime résiliente, le mot à la mode, pas de résilience pour les bourreaux, dis chérie, tu changerais ça pour moi, je deviendrais un gentil salaud, un enfoiré qu'on plaindrait, je leur raconterais mes années de labeur à la fac, combien j'ai soutenu ma mère, mon frère et mes sœurs, tu le sais mieux que personne Médée chérie, dis-leur qui je suis, tu te tais, la belle et impeccable Médée larguée par ce pauvre type libidineux, rattrapé par son passé, regarde-moi, c'est Ismaïl, ton homme de tant d'années…”

Même ce qui attendait notre mort

Ce qu'Ismaïl a vécu avec Meriem, ce qui l'a bouleversé chez cette femme au point de lui faire perdre la tête, avaient commenté ses propres sœurs, à la fois solidaires et troublées – comment oublier les années passées avec leur belle-sœur attentionnée, affectueuse pour leurs enfants, ouvrant les portes de sa maison pour les fêtes, les déjeuners et les dîners de famille –, c'est le sentiment de renouer avec une part de lui-même. Najat en est certaine, la vie avec sa femme a épuisé Ismaïl ; il a toujours été pour sa mère et ses sœurs, depuis la disparition de Brahim, une sorte de demi-dieu, concentrant tous les espoirs, tous les rêves de Hourya. Najat s'en est ouverte à son frère quand, après mûre réflexion, elle s'est risquée à frapper à la porte de la maison familière, pénétrant dans le vestibule désert, Ismaïl surgi devant elle tandis qu'elle l'attendait le dos tourné, contemplant le jardin qui lui semblait résonner encore du rire déployé de Samia dont la robe de coton léger, soulevée par le vent de sa course, flottait en corolle tandis qu'elle s'essoufflait, poursuivie par Adam et

Aya. Ses enfants à elle criaient cachés derrière les arbres “hou hou nous sommes là”, et les trois autres bifurquant brutalement vers le lieu de l’appel s’éparpillaient dans une tentative d’encerclement de leurs cousins dont les rires moqueurs tintaient comme des cloches dans la chaude après-midi éclaboussée de lumière. Tu te souviens dit-elle à son frère, c’était l’anniversaire d’Adam… ses dix ans je crois. Mais lui ne se souvenait pas, il arrivait toujours une fois la fête terminée, quand l’ombre du crépuscule s’étendait sur la terrasse presque déserte où Médée finissait de ramasser les derniers verres de limonade et les ballons éparpillés sur la pelouse. Il l’enlaçait, confusément honteux d’une absence qu’elle ne lui reprochait pas. “J’étais au bloc pendant les anniversaires, tu le sais bien ! c’est Médée qui organisait tout, seule.”

Le voilà solidaire de celle qu’il a abandonnée avec une cruauté dont il a calculé les effets dans le moindre détail, dont il pourrait justifier la précision par le désir inconcevable d’une terre brûlée, inhabitable à jamais, mais qui le comprendrait ? Pas sa sœur qui le regarde, accueillant patiemment ses incohérences. “Asseyons-nous, nous serons mieux. As-tu des nouvelles des enfants ?” Il l’invite à contrecœur à prendre place dans le salon jaune et prune, Safia surgit de la cuisine avec un plateau de thé, dans une assiette de porcelaine ivoire, les traditionnels sablés à la confiture qu’il affectionnait, une coupelle contenant de petits morceaux de sucre brun, tout est disposé sur un napperon en lin liséré d’une bordure taupe, “on s’attendrait à voir arriver ta femme”, soupire Najat en remerciant Safia d’un sourire. Ismaïl ne répond pas, si Médée avait été présente, elle aurait chaleureusement embrassé sa belle-sœur, lui aurait proposé de prendre le thé sur la terrasse pour jouir ensemble des premiers rayons printaniers de ce mois de mars, elles auraient admiré les fruits prématurément jaunis du néflier, les pensées blanc et violet, guetté le bourdonnement d'une abeille autour de la jatte de miel accompagnant les baghrirs disposés en carrés minuscules sur un plat ajouré. Ismaïl le savait, Najat aussi, et ils restèrent silencieux, entre eux l'ombre de l'absente, lui regardant ses pieds comme un sale gosse pris en flagrant délit. "Je suis venue te voir pour savoir comment tu vas, commença courageusement Najat, on me dit que tu n'es plus à l'hôpital, que se passe-t-il ?" Il n'avait pas répondu. Elle avait insisté, demandant franchement : "Où est Meriem ?"

La première fois que Meriem avait rencontré ses sœurs, Ismaïl se la remémorait clairement, au cours d'un déjeuner qu'il avait organisé lui-même, dans un restaurant huppé au bord du Bouregreg. Najat et Hind étaient arrivées apprêtées et défiantes, n'osant ouvertement affronter leur frère en se dérobant, secrètement solidaires de leur belle-sœur en femmes pragmatiques, conscientes de leur propre vulnérabilité – ce qui arrivait à Médée pouvait survenir à tout moment dans leurs vies en apparence unies, "la fragilité d'un foyer est infinie par les temps qui courent", avaient-elles soupiré de concert à l'annonce du choix si dévastateur de leur frère. Assis en compagnie de Meriem face à la baie vitrée qui surplombait le fleuve – elle feignait d'admirer le lent mouvement des barques colorées des pêcheurs jetant leurs lignes dans l'espoir d'une prise, il y avait dans ce paysage tranquille par-delà les eaux vertes, jusqu'à la kasbah des Oudayas, l'illusion de la suspension du temps, contredite par le va-et-vient des badauds que les nouveaux aménagements de la marina attiraient et qui bousculaient les habitudes séculaires des usagers du fleuve –, il mesurait son appréhension tout en sentant monter la sienne, tournant le manche du couteau argenté qu'il faisait jouer depuis une dizaine de minutes entre ses mains. Ses deux sœurs avaient surgi sur le seuil du restaurant, deux oiseaux un peu surannés, avait-il pensé en observant leurs escarpins fins, jupe bleu marine et foulard de soie coloré pour Najat, pantalon de flanelle et chemisier pour Hind, elles avançaient précautionneusement dans l'allée centrale bordée de tables cossues dressées dans l'attente du déjeuner, çà et là les premiers clients attablés, et elles s'étaient arrêtées d'un même mouvement avant de les rejoindre complètement, comme au bord d'un péril, évaluant la situation la mine circonspecte. Il avait surpris dans le regard de ses sœurs la même incrédulité que dans celui de son fils, voilà donc à quoi ressemblait la femme pour laquelle il avait abandonné leur magnifique belle-sœur, un visage presque banal, de beaux cheveux bouclés, les yeux étrangement tirés, elles ne se seraient pas retournées sur son passage, alors qu'elles convenaient avec une fierté de propriétaire de la grâce exceptionnelle de l'épouse de leur frère, comme si elles en étaient elles-mêmes auréolées. Meriem avait affronté le jugement que laissait apparaître le salut un peu guindé des deux femmes à sa façon, réagissant avec une sauvagerie nouvelle, tout son corps rétracté tandis qu'il faisait les présentations, mais elle avait souri franchement à Hind qui s'était exclamée maladroitement après les politesses de circonstance : "Vous êtes très jeune ! Seriez-vous encore étudiante ?" Ismaïl avait répondu très vite : "Meriem est chirurgien, elle est agrégée depuis deux ans…"

Najat avait considéré autrement la jeune femme à l'allure si simple, au visage lisse, les yeux cernés de fatigue ou d'émotion, visiblement très éprise, elle regardait Ismaïl si fréquemment, cherchant sans doute son soutien ou son approbation. Ils avaient passé la commande dans un silence un peu tendu, mais au cours du déjeuner, il avait observé chez ses sœurs une sorte d'attendrissement, Meriem avait parlé de sa famille, son enfance dans un appartement de l'avenue Mohamed-V, avec son frère et ses trois sœurs, son goût d'apprendre, hérité de son père qui enseignait la biologie, sa passion de soigner ; Najat avait été la première à s'ouvrir, évoquant leur mère, racontant des anecdotes où Ismaïl apparaissait comme un jeune homme trop tôt responsable, devenu chef de famille au côté de Hourya après la disparition de Brahim. Elles avaient eu la même adolescence studieuse, bien que décalée d'une quinzaine d'années. Elles évoquèrent alors les après-midis penchées sur leurs livres, Hind avait poursuivi des études de droit avant de devenir professeur à l'université de Rabat, Najat était pharmacienne en officine depuis de longues années, se substituant souvent au médecin auprès des familles modestes du quartier de l'Océan. Elles se mirent à fredonner des airs d'Abdelhalim ou Fayrouz, et échangèrent les répliques des films *Kissat Houbbi* ou *Russassa fil kalb* diffusés par la télévision nationale au cours de leur enfance, et que Meriem, dont la mère était une cinéphile avertie, particulièrement admirative du cinéma égyptien des années 1950, avait vu chacun au moins dix fois, comme elle le confia aux sœurs d'Ismaïl, conquises. Une étrange intimité s'était installée autour de la table, et Ismaïl avait eu le sentiment d'être transporté dans un monde familier, celui où il avait grandi, très éloigné de ce qu'il avait construit avec sa femme. La volubilité de ses sœurs, promptes à présent à revisiter avec Meriem les références communes, les chansons d'Abdelwahab, certains morceaux de Nass el Ghiwane, Abdelhadi Belkhayat ou Abdelouheb Doukkali, mais aussi Elton John, Bob Marley et les Rolling Stones, mis à l'honneur par l'émission *Boogie* animée par Alifi Hafid à la fin des années 1970 – il admirait à part lui l'aisance avec laquelle Meriem faisait oublier à ses sœurs les quinze années qui les séparaient les unes des autres –, l'évocation des journées à la plage en été, la glacière où on conservait la pastèque fraîche et les limonades, les sandwichs au thon ou à La Vache qui rit, le goût des épis de maïs grillés achetés sur le chemin du retour, quand les cheveux sont collants de sel et la peau encore chaude, les disputes des frères et sœurs entassés dans la R4 – "nous aussi, nous avions une R4", avait soupiré Meriem –, tout un univers surgissait comme un rêve mélancolique devenu presque indolore.

Quelque chose en lui se relâchait, une corde tendue à se rompre depuis si longtemps qu'il lui semblait que cette douloureuse vibration avait toujours fait partie de lui, depuis ces matins gris où il guettait, à peine réveillé, de sa chambre d'adolescent, le pas léger de sa mère tôt levée, mettant l'eau et le lait à bouillir pour le premier repas de ses enfants, dressant la table ronde du séjour pour eux tous, effluves de café, parfum de la menthe fraîche. Il la rejoignait dans la cuisine tout juste débarbouillé – Zahra dormait encore sur la banquette du petit salon – et entourait de son bras les épaules menues de Hourya, embrassait ses tempes puis sa main un peu sèche. Elle allumait le poste radio et la voix familière de Badia Rayane accompagnait l'éveil de toute la maisonnée, Najat et Hind les rejoignaient en traînant les pieds, argumentant aussitôt levées leurs priorités respectives concernant un chemisier rose pâle aux manches brodées, c'était le tour de Najat de le porter, mais Hind revendiquait son droit d'aînesse, après tout elles arrivaient ensemble sa mère et elle devant la porte principale du lycée de jeunes filles Lalla-Aïcha, avant de se séparer, Hourya rejoignant le service administratif de l'institution cependant que sa fille aînée se mêlait à la foule des adolescentes en tablier blanc et, justement – l'argument de Hind tombait comme une massue –, on ne voyait de ses vêtements que les manches du chemisier qu'elle avait soin de tirer suffisamment pour mettre en valeur leurs garnitures brodées. Désespérée, la benjamine geignait dans les jupes de Hourya jusqu'à l'arrivée de Jawad rejoignant la tablée du petit-déjeuner. Souvent, Ismaïl tançait une de ses sœurs, assistait sa mère en s'occupant de son frère aîné dont la gaucherie la fatiguait, tandis qu'elle lui beurrait de larges tartines à la confiture de fraises. Zahra, réveillée dans un gémissement, apportait les œufs au khlii et ajustait la tresse de

Najat, soulageant elle aussi Hourya, aidant Jawad à porter à ses lèvres son bol de café au lait.

Il avait vécu ainsi, tendu, guettant sur le visage de sa mère le signal d'une défaillance, déchiffrant les ombres qui ternissaient le chaud regard de la jeune femme, accueillant contre son torse adolescent la tête alourdie de chagrin, et son cœur tressaillait d'allégresse quand parfois un sourire éclairait son visage, souvent à la lecture de ses bulletins trimestriels. Il l'avait éperdument aimée, admirée, sa vaillance quotidienne, sa fidélité absolue au souvenir de Brahim, l'intelligence avec laquelle elle avait organisé leur quotidien autour de la présence absente de leur père, luttant contre l'oubli, évoquant ses écrits qu'elle n'avait pas lus, égrenant les anecdotes, solitaire à l'avant du fragile esquif qui prenait l'eau de toutes parts, Noé féminin, réglant les factures, subvenant à tous leurs besoins, et quand il avait hésité à devenir étudiant en médecine, tenté par des études plus courtes, elle s'était dressée contre lui, "je n'ai pas besoin de ton argent, tu seras médecin, le meilleur, le plus grand de tous les professeurs de médecine de ce pays, ne me déçois pas", et il ne l'avait pas déçue, devenant avec les années une référence incontournable de la neurochirurgie, pas seulement à Rabat, sa notoriété dépassant les frontières, et elle lui demandait, enfantine lors de ses visites quotidiennes : "Raconte-moi ton colloque à Vienne…" Elle fermait les yeux tandis qu'il s'exécutait, elle savourait dans son cœur dilaté l'hommage secret ainsi rendu à Brahim, et lui savait que son récit faisait danser sous les paupières closes de sa mère les moments de bonheur au cours desquels son père, avec un frémissement d'orgueil anticipé, l'avait appelé "docteur". Avant de partir, il serrait contre lui le corps mince de Hourya et embrassait sa main, ses cheveux, ramassés et striés de fils argentés. Déjà, en pensée, l'assaillait la solitude de sa femme, se mêlait au désir de la respirer, de la tenir contre lui, un sentiment têtu de culpabilité. Pourtant, il n'ignorait pas que sitôt les enfants couchés, elle retrouvait la solitude peuplée de l'atelier sur le toit, où elle donnait naissance à des créatures dont les formes enchevêtrées évoquaient de très anciens survivants de mondes disparus, luttant contre la désagrégation de ce qu'ils avaient connu et aimé. Elle inventait un monde où il n'avait pas sa place. La grâce même de son épouse, qui ne dépendait pas de lui, une sorte de rayonnement aristocratique, le submergeait d'émotion, après tant d'années d'intimité. Il n'avait jamais, tout au long de leur vie commune, désiré une autre femme que la sienne, tout entier absorbé par sa mission de médecin, les soucis liés à la gestion du service dont il était devenu le responsable ultime, la transmission du savoir à ces étudiants qu'il terrorisait dans la grande tradition des mandarins inaugurée par ses professeurs au lendemain de l'Indépendance, héritée des enseignants français. Comment cette jeune femme jusque-là étrangère à sa vie, douée, incisive, avait-elle envahi sa chair, son esprit, les moindres replis de son être au point de devenir une obsession de chaque instant, calcinant dans les flammes d'un désir irrépressible toutes les constructions d'une vie ? Il avait lutté, mais il n'est pas prêt à s'en ouvrir à Najat dont le regard se pose sur lui avec une inquiétude non dissimulée. "Je vais bien, grommelle-t-il, Meriem part sans doute pour New York, elle a été sélectionnée…

une reconnaissance exceptionnelle, impossible à refuser. Je pense qu'elle ne doit pas rester." Il ne mentait pas à sa sœur.

Meriem caressait ses cheveux, il avait posé sa tête sur ses genoux, d'abord tendu après une conversation téléphonique, où sa fille aînée, Samia, qui travaillait à Londres, lui avait annoncé qu'elle arrivait deux semaines plus tard pour un séjour de quelques jours à Rabat dans la maison familiale. Sur la table basse du petit salon coloré, il avait vu le dossier aux bordures bleues, l'inscription Cornell Hospital se détachait sur l'enveloppe blanche décachetée. Meriem ne disait rien, il sentait la tiédeur de son ventre, le mouvement lent de sa main dans ses cheveux, ils sortaient d'une longue et minutieuse intervention, il y avait dans le relâchement de leurs corps, de leurs esprits, une jouissance pleine, qui se suffisait à elle-même et qui finissait de dissiper la crispation liée à la voix sèche de sa fille, du moins l'avait-il perçue telle, appréhendant depuis quelque temps les appels espacés de chacun de ses trois enfants, interprétant leurs intonations, leurs silences comme un jugement qu'il croyait inévitable. Cette pensée qui parfois le maintenait éveillé, avec dans le cœur un sentiment d'indicible désolation – il les avait perdus, d'une certaine manière, et cette perte était irréversible –, le laissait démuni, tremblant comme le petit garçon dont les mains rivées au corps de son père avaient battu le vide presque cinquante ans plus tôt, dans un geste antique de supplication autant que de rage. Il avait délibérément ignoré le dossier ouvert sur la table, tournant le dos à une sorte de vertige prémonitoire, tout entier absorbé par le mouvement régulier de la main de Meriem dans ses cheveux, sombrant dans une demi-somnolence qui ne le séparait pas complètement de la perception de l'ombre s'infiltrant dans la pièce au fur et à mesure que le soir gagnait sur le jour. Quelque part à la lisière de sa conscience assoupie, un danger flottait, une créature informe penchée sur lui s'apprêtait à le dépouiller à nouveau de tout ce qui le faisait vivre ; il sursauta en geignant comme un enfant, la voix chaude de Meriem penchée sur lui le berçait – "Je suis là, dors mon amour" – mais il ne dormait pas, attentif à la peur qui naissait en lui, la même qui l'avait progressivement étreint lorsque Najat avait appelé un soir, la voix brève : "Il faut que tu viennes. Maman est tombée. Elle ne peut plus parler."

Il avait quitté la table dressée pour dîner, les enfants excités par sa présence inhabituelle suppliaient leur mère de les autoriser à veiller une heure de plus, et il avait entendu la voix claire de Médée préciser l'horaire du coucher : "Dans une demi-heure, tous au lit !" ; il lui semblait alors que la vie s'échappait de lui, et sa femme, revenue près de lui, installait dans la perception brouillée qui était la sienne à ce moment-là une clarté, comme un phare dans la nuit par une mer démontée. Il était parti le premier, elle le rejoindrait ensuite, le temps de veiller au coucher des enfants. Il avait parcouru le trajet jusqu'à l'appartement de la place Pietri que Hourya avait refusé de quitter malgré les requêtes véhémentes de ses filles, Zahra avait ouvert la porte familière, "elle est dans sa chambre", Najat adossée au chambranle s'accrocha à lui, "j'ai appelé une ambulance". Dans le lit, le visage cireux, les yeux immenses, Hourya le regardait arriver “oueldi”, un souffle cueilli sur ses lèvres, “elle parle !” Najat se défendait faiblement “tout à l’heure elle ne pouvait pas”, les mains de sa mère comme deux oiseaux morts sur les draps blancs, dans le couloir un gémissement sourd, Zahra pleurait. Penché sur sa mère, il appelait : “Memti, ça va ? L’ambulance arrive, je vais te soigner, tout ira bien.” Elle avait ouvert les yeux plus grands, ses lèvres remuaient à peine, dans un éclair il comprit. La porte s’ouvrait loin derrière, il entendit le pas léger de sa femme, il sentait son odeur venue d’ailleurs, tout en lui luttait, sa mère le regardait fixement, tendue dans une prière. Il prit sa main dans la sienne, menue, presque immatérielle, sa joue frôlait celle de Hourya, il posa ses lèvres sur les siennes et prononça, le souffle mêlé à celui toujours vivant de son amour : “Ach hadou an la ilaha illa Allah. Ach hadou ana Mohammed rassoul Allah.” Hourya ferma les yeux.

Ou lentement sut nous combattre

Ce qu'il advint alors de lui... Ismaïl ne s'en souvient pas, ou si peu. Ses sœurs pleuraient doucement, Zahra avait poussé un cri. Il tenait entre ses mains celle encore tiède de sa mère, il avait ôté ses chaussures et s'était allongé doucement près d'elle, veillant à ne pas déplacer le matelas, il l'avait entourée de ses bras, et à son tour il avait fermé les yeux. Il y eut un remue-ménage dans le cabinet de toilettes attenant à la chambre, le pas lourd de Jawad, Ismaïl avait rouvert les yeux, son frère sanglotait agenouillé, la tête contre le bord du lit. Youssef, son camarade de toujours, prévenu par Médée, était arrivé quelques instants plus tard, le gratifiant d'une pudique accolade. Il avait quasiment grandi chez eux, accueilli par Hourya comme un fils, partageant leurs repas, leurs peines et leurs joies. Il avait battu le rappel de leurs amis d'enfance, et ensemble ils avaient pris en charge les formalités administratives, déclarant le décès, appelant une zaouïa soufie de Salé pour faire venir les diseurs de Coran dès le lendemain matin. Najat avait mis en marche l'amplificateur offert par Ismaïl à sa mère, et la voix pure d'El-Ghamidi avait envahi la pièce, faisant entrer la mort de Hourya à l'horizon des événements reconnaissables au fur et à mesure que les sourates psalmodiées enveloppaient leurs âmes orphelines. Il passa la nuit dans la chambre de Hourya, cependant que Médée et ses sœurs, épuisées, somnolaient au salon. Il sentit deux ou trois fois la présence de sa femme dans la chambre, penchée sur lui, “tu ne veux pas boire quelque chose ?”, comme elle l'aurait fait pour l'un de leurs enfants malade, remontant un drap, caressant un front fiévreux. La nuit fut âpre, longue, le visage de sa mère était d'une immobilité minérale, lisse comme celui d'une jeune fille, les ombres sous les yeux avaient disparu, comme le pli sur son front, une paix infinie relevait à peine les coins de sa bouche ; il lui semblait être mort lui aussi, son souffle incongru agitait absurdement sa poitrine, il sentait le battement de son cœur désaccordé. Il lui avait fallu tant de fois, à la sortie du bloc opératoire, rejoindre la salle où attendaient les familles pour annoncer l'échec d'une intervention, la perte d'un proche, qu'il avait cru que cette familiarité ferait de lui une sorte d'homme d'expérience dans la confrontation personnelle avec la mort.

Durant toute son adolescence, il avait appréhendé une défaillance de Hourya, guettant les cernes sous ses yeux brusquement enfoncés dans les orbites saillant sous la peau délicate après la disparition de Brahim, observant l'apparition des premiers cheveux blancs dans l'opulente chevelure noire, évaluant la fragilité de sa mère à chaque étreinte, embrassant ses mains fines, mais découvrant derrière cette apparence vulnérable une femme volontaire. Et finalement, il avait construit son courage en miroir du sien, puisant dans son indomptable foi en lui le sentiment de sa propre force ; il était devenu un jeune homme solaire, en lui circulait la joie de sa mère le regardant grandir, se transformer, appuyant contre son épaule sa tête à la chevelure sacrifiée, les mèches souples frôlaient son menton lorsqu'il penchait son visage vers elle, vite rétractée, comme pour ne pas empiéter sur sa vie d'homme, "va, mon fils, va étudier, ne te soucie pas de nous, je veille sur les autres". Et il s'éloignait, confiant, il savait sa vaillance. Toute sa volonté était alors tendue vers le but qu'elle lui avait fixé, soutenue par la certitude que le destin de son fils était contenu dans la fierté de son père lorsqu'il l'appelait tendrement "docteur", elle le lui rappelait souvent.

Youssef entra dans la chambre à l'aube : "Mon frère, comment ça va, viens boire un café avec nous, la journée sera longue." Ils rejoignirent les autres au salon, Zahra avait préparé un petit-déjeuner minimal, ses sœurs avaient les yeux gonflés, le châle de Hourya traînait sur le divan bas près de la fenêtre, ses lunettes étaient posées près de la lampe à l'abat-jour de guingois qu'il avait redressé machinalement. Hind posa la question de la sortie du corps de Hourya, l'enterrement aurait lieu après la prière de dhor, vers treize heures ; d'ici deux heures, l'appartement serait noir de monde. Ne valait-il pas mieux transporter tant qu'ils le pouvaient encore le corps de leur mère jusqu'à la maison d'Ismaïl, plus vaste, adaptée à la foule des proches et des connaissances qui ne manqueraient pas de se presser pour la levée du corps ? Médée, assise près de sa belle-sœur, hocha la tête. Mais Ismaïl s'était braqué : “Ils viendront la saluer là où elle est, elle a suffisamment couru toute sa vie. Elle sortira par la même porte que mon père.” Najat avait rétorqué, la voix rauque de chagrin : “Elle aurait préféré passer le seuil de ta porte une dernière fois. Elle aimait tant votre maison. Et ce serait plus simple pour nous, crois-moi. Ta femme l'a proposé tout à l'heure, et nous avons tous trouvé que c'est une bonne idée. Elle sera lavée chez elle, puis nous la transporterons chez vous où ses amis et les nôtres pourront venir lui dire adieu.” Ismaïl avait regardé sa sœur, à cet instant elle ressemblait à sa mère, la même détermination malgré une apparence fragile. Youssef l'avait pris par l'épaule : “Elle a raison, frérot.”

Les laveuses arrivèrent, et ses sœurs s'enfermèrent avec elles autour de la dépouille de Hourya, sortant le linceul déjà prêt, l'eau de fleur d'oranger, le bois de santal. Quand Ismaïl revit sa mère, son corps était étroitement emmailloté dans le coupon de tissu immaculé, seul son visage paisible, les yeux fermés, cheveux cachés, était apparent. Elle semblait si petite ainsi, si menue, presque une enfant. Il se pencha et effleura d'un baiser son front glacé, une odeur de fleurs l'enveloppait. Il fallut la recouvrir d'un châle en soie avant de la transporter sur une civière jusque dans l'ambulance discrètement stationnée à la porte de l'immeuble, afin de ne pas éveiller l'attention des voisins. Ismaïl s'installa avec Najat et Youssef aux côtés de Hourya, cependant que Médée, Zahra et Hind parties quelques instants auparavant préparaient la maison, installant la chambre où reposerait Hourya avant que ses fils la déposent dans le cercueil que Youssef avait fait porter chez Ismaïl. Il ne sait pas pourquoi tandis que le soir s'installe, brouillant les contours des meubles, estompant le visage de Meriem penché sur lui, il revit avec une telle intensité ces moments où un pan de sa vie s'est effondré, englouti lentement au cours de la cérémonie qui consacrait la disparition de Hourya. Najat et Youssef avaient eu raison, il vint une foule de proches, amis de Brahim toujours en vie, anciens collègues de Hourya au lycée Lalla-Aïcha, les lycéennes devenues adultes auxquelles elle avait transmis pendant des années les clefs de la compréhension des mathématiques avec une clarté et une pédagogie exemplaires, pleurant leur professeur, évoquant des anecdotes dans un rire, les collègues d'Ismaïl, ses étudiants, la famille de sa femme venue de Tanger, Naïm son beau-père, très affecté, et sa languissante belle-mère descendue à contrecœur des hauteurs du cap Spartel, Lilia la sœur de Médée et son mari Sadreddine, ami intime d'Ismaïl qui l'avait soutenu tout au long de l'enterrement. Le moment le plus difficile fut celui où il dut avec son frère et ses amis d'enfance soulever le corps de sa mère, inquiet de la savoir malmenée dans l'étroit sarcophage, comme si sa dépouille était toujours sensible, et il avait foudroyé du regard Youssef dont la stature déséquilibrait le cercueil. Les jours qui suivirent, il vécut avec une curieuse sensation de déséquilibre intime, qui le faisait vaciller le matin au lever, comme si son corps ne réussissait plus à trouver sa juste place dans l'espace ; il lui semblait qu'une partie de lui-même était semblable à un ballon d'hélium, trop légère pour l'ancrer, cependant que l'autre moitié pesait plus lourd. Sa démarche avait changé, si bien que Médée, au milieu du tourbillon des visiteurs qui continuèrent d'affluer les quinze premiers jours, s'en inquiéta et lui demanda s'il ne devait pas penser à un examen neurologique. Il avait haussé les épaules.

Il prit l'habitude de se rendre sur la tombe de sa mère, au cimetière marin. Il quittait l'hôpital après la prière de dhor, longeait les remparts, l'océan s'offrait dans un éblouissement à ses yeux fatigués. Le gardien du terre-plein où stationnaient les voitures le saluait, assuré d'une obole. Il franchissait la grande porte au moment où les familles quittaient leurs morts, se pressant pour le déjeuner. Il échappait ainsi en partie à la foule des vendredis, saluant d'un bref hochement de tête les connaissances qui l'apostrophaient affectueusement, "docteur… Que Dieu transforme votre tendresse en patience…", se hâtant vers le lieu où gisait sa mère comme vers une promesse de retrouvailles différées. Là, assis sur le bord de la tombe, enveloppé par les voix des diseurs de Coran récitant les sourates dans le cimetière où s'attardaient quelques familles, il caressait les méplats du marbre blanc dont Hourya n'aurait pas voulu, il imaginait son sourire ironique, "Oueldi, j'ai vécu simplement. Enterre-moi simplement", la tête légèrement penchée, son regard d'oiseau fixé sur lui. Chaque fois, il constatait que les fleurs plantées sur les bandes de terre entourant la tombe étaient arrosées, elles fleurissaient, et leurs feuilles vert fluorescent contrastaient avec les branchages secs de certaines tombes laissées à l'abandon, couvertes de poussière. Najat et Hind entretenaient soigneusement jusqu'aux sépultures voisines, aménageant pour leur mère un séjour verdoyant. Il reconnaissait au passage les capucines que sa femme offrait en plants à ses belles-sœurs, parfois des crocus et même des cosmos bleutés qui flottaient au bout de leurs longues tiges transparentes, comme un voile de ciel caressant la blancheur minérale du marbre. Il respirait lentement, la brise iodée annonçait l'océan au loin, et levant les yeux depuis la pointe extrême du cimetière, il apercevait en descendant l'horizon mouvant des marées. Souvent il pensait à Brahim, son père jeté dans une fosse anonyme, sans cérémonie, au chagrin de Hourya qui aurait voulu reposer à ses côtés, une vieille colère enflait en lui, contre ce pays violent qui ne respectait ni les vivants ni les morts, ni la chair ni l'esprit des siens. Les corps hâves des mendiants agglutinés tandis qu'il redescendait le chemin légèrement pentu qui amenait à la porte du cimetière, les femmes épuisées serrant contre elles leurs enfants, les vieillards gangrenés, les hommes, manchots ou borgnes, toute cette cour des miracles, créatures errantes vivant au milieu des morts, arrachant aux visiteurs quelques piécettes en ces vendredis où le cœur des croyants s'ouvre dans l'espoir d'une faveur divine accrue, le renvoyaient à une amertume tenace. Ils les recevaient à l'hôpital, toujours révolté lorsque les dégâts irréparables de leur cerveau témoignaient d'une longue série de négligences antérieures, il tremblait d'impuissance devant le regard des femmes levé vers lui comme s'il était une sorte d'intercesseur, un magicien capable de faire advenir les guérisons les plus inespérées… Sa mère avait regardé les médecins avec ces yeux-là, Jawad accroché à son bras, et nul miracle n'était survenu. Nul miracle ne survenait jamais, il l'avait compris à ce moment précis, en atteignant le boulevard qui redescendait vers la ville, longeant le bord de l'océan. Son père n'était pas revenu, son frère n'avait pas guéri, aucune injustice n'était réparée, jamais, ceux qui avaient détruit leurs vies avaient prospéré dans l'impunité, rien n'avait ébranlé un pouvoir construit sur la corruption et le mépris des vies humaines ; au contraire, il lui semblait que, sur cette terre que Hourya n'avait pas imaginé quitter, pas plus que lui-même – c'eut été abandonner Brahim pour toujours –, avait triomphé l'esprit cynique des assassins de son père, et que lui, Ismaïl, homme de bonne volonté, médecin intègre et passionné, leur permettait de continuer leur sale besogne en toute tranquillité, caution involontaire d'une entreprise de destruction de l'esprit de dignité de la génération antérieure.

Il rentra chez lui en proie à cette désillusion qui lui fit découvrir autrement la jolie maison blanche aménagée par sa femme, les fleurs coupées dans les vases, les sofas confortables, le salon de brocart ancien jaune et prune, les livres sur les étagères, les toiles au mur, jusqu'aux sculptures de son épouse, résine et acier liés, qu'il regarda avec en lui l'acidité de son amertume ancienne et nouvelle, non plus comme le résultat d'une vie construite dans une joie inespérée, mais comme une sorte de cache-misère destiné à enjoliver la seule réalité qui comptait, celle de ces vies perdues pour rien, passées à espérer un monde meilleur, un pays moins âpre, une société plus juste. Il montait sur le toit jusqu'à l'atelier de Médée, la regardant lutter contre la pierre et l'acier, tisser le chanvre et la corde, sa silhouette menue penchée sur l'œuvre qui émergeait lentement de ses mains devenues calleuses, disant le temps et les liens, les constructions toujours branlantes, les espoirs toujours incertains, mais plus profondément ce qui advient et qu'on ne sait pas encore, de tout ce qui a été perdu. Puis redescendait, troublé, quelque chose en lui pressentait la puissance du monde de sa femme, et comme en contrepoint, la fragilité du sien. Il se mit à observer son fils Adam, la manière qu'il avait de regarder sa mère en coin, leur complicité de chaque instant, qui établissait autour d'eux lorsqu'ils étaient ensemble dans la même pièce un cercle enchanté, il revoyait les yeux profonds de Hourya, son regard posé sur lui avec la même inébranlable tendresse, et il vacillait devant l'étendue de sa perte. Il commença à vivre presque exclusivement au milieu de ses patients, des jeunes internes qu'il formait, acharné à sauver de la vulnérabilité tous ceux qui s'adressaient à lui, tout entier tendu dans cet effort qui transformait sa colère en une précision toujours accrue, une exigence plus haute, luttant contre la maladie et la mort de toutes ses forces d'homme. Il rentrait chez lui recru de fatigue. Le sourire de sa femme, l'accueil de ses filles s'élançant vers lui de leurs jambes robustes de jeunes danseuses, le choc de leur étreinte joyeuse le ramenaient du royaume des morts dans le cœur de cette maison vivante, Samia se pendait à son cou, "mon petit papa", il caressait sa chevelure épaisse, ambrée comme celle de sa mère, mais elle avait les yeux nocturnes de Hourya, immenses dans son visage doré. Adam lisait. Presque toujours. Il s'approchait de son fils, doucement pour ne pas interrompre l'attention passionnée qui concentrait ses sourcils frémissants, son front lisse penché sur les pages et lorsque l'enfant levait les yeux, il recevait le choc des larges prunelles violettes, insondables. Il avait pour son fils une admiration muette, éperdue, comme si les liens étaient inversés et qu'il espérait de lui la reconnaissance de Brahim pour tout ce qu'il accomplissait. Bien plus tard, quand devenu un jeune homme, Adam avait annoncé son désir de poursuivre des études de philosophie, puis de sciences sociales, il l'avait soutenu, ému de la continuité souterraine des aspirations traversant les générations, comme si finalement le sacrifice de son père n'avait pas été vain.

Même ce qui nous est étranger

Il soulève la tête, légèrement, et Meriem sursaute, elle s'était assoupie, la tête d'Ismaïl sur son ventre, poids vivant, sa nuque à elle calée contre un coussin mou, un peu tordue pour ne pas risquer de le réveiller. "Mon amour" il l'interroge, la voix basse, et elle répond aussitôt, comme si elle attendait la question depuis leur retour dans l'appartement où les contours des meubles achèvent de se diluer dans l'obscurité qui anéantit sûrement le jour. "Quand pars-tu à New York ?" Elle se tait à peine, il sent sa gravité dans l'ombre, deux creux à la place des yeux tirés, il devine sa voix plus qu'il ne l'entend ; "je ne pars pas". Il reçoit la dénégation comme un don, elle a repris le lent mouvement, sa main dans les cheveux doux comme ceux d'un enfant. L'homme repose sa tête sur les cuisses de la femme, il cherche sa place au creux de son ventre et elle infléchit le buste pour le contenir plus sûrement. Elle poursuit : "Je ne veux pas que nous soyons séparés. Je ne le supporterai pas." Il l'enlace, les deux bras resserrés autour de sa taille, le visage enfoui dans le sweater qu'elle a enfilé en sortant de la douche, épuisée par une longue journée à l'hôpital, il sent la peau douce de ses jambes repliées, l'odeur lactée du savon qu'elle utilise, celui de son enfance, au talc, les grandes bouteilles bleues pleines d'un liquide crémeux acheminées d'Espagne en contrebande, Hourya achetait toujours ces flacons, format familial, le fabricant le mentionnait comme si le doute était permis, il y en avait une réserve dans la salle de bains de l'appartement de la place Pietri. Il articule une ultime question, "tu es sûre mon amour ? Pas de regrets ?"... Elle hoche la tête et il se retourne pour la recouvrir de son buste dans le lent vertige de l'amour qui fait éclater sa cage thoracique, envahit tout son être et les lie à nouveau.

Cette nuit-là, ils dormirent dans le petit appartement de Meriem, et Ismaïl proposa de réaménager des parties de la maison où il avait vécu si longtemps son autre vie. Meriem avait protesté : "Mais non, elle est très belle cette maison, tes enfants seraient peinés." Il lui proposa alors de partir quelques jours dans l'ancienne maison de son père surplombant la Méditerranée, la maison joyeuse des vacances de l'enfance avec Brahim. Ils prirent la route deux jours plus tard. Elle avait été entièrement repeinte à la chaux l'été précédent. Aucune trace de Médée dans cet antre où Ismaïl était revenu seul quelques fois après la mort de Hourya, en confiant l'entretien à un couple qui vivait dans le village de pêcheurs en contrebas, et il avait trouvé chaque fois la maison d'une propreté irréprochable, chaulée, la porte peinte en bleu selon la tradition des lieux, les bougainvilliers en fleur et le petit jardin à peine envahi d'herbes.

Dans le placard de l'entrée était toujours suspendue la veste que Brahim enfilait à l'aube avant d'aller pêcher. Les manches étaient usées d'humidité. Hourya avait souvent séjourné seule avec Jawad et Zahra dans la maison de Jnan Nich qu'Ismaïl avait offerte à sa mère quinze années auparavant, rachetant lentement leurs parts aux membres de la famille pour faire de Hourya la seule propriétaire des lieux, tant la disparition de Brahim avait distendu les liens avec ses tantes et ses cousins, rendant illusoire la poursuite du rituel des étés partagés. Il n'ignorait pas la part que l'orgueil chagrin de Hourya avait prise dans cet éloignement progressif, ses tantes avaient toujours été bienveillantes, en particulier Najia, la sœur aînée de sa mère, mais Hourya n'avait jamais pardonné les dérobades de son beau-frère qu'elle tenait pour responsable de l'absence de procès qui avait conduit à la déportation de Brahim dans ce pénitencier où il avait fini par trouver la mort.

Meriem évoluait dans la maison avec une aisance qui toucha Ismaïl, s'arrêtant dans la cuisine aux faïences bleu et blanc, découvrant avec une exclamation de plaisir le petit séjour aux banquettes basses recouvertes d'une toile blanche, aux gros édredons à motifs de coquillages, caressant du doigt les livres disposés dans la bibliothèque en bois au-dessus de la cheminée installée par Ismaïl à la demande de sa mère – “on pourrait vivre ici tout le temps”, s'exclama-t-elle, sans imaginer une seconde les conséquences de cette remarque spontanée qui allait cheminer dans l'esprit et l'imagination d'Ismaïl, ouvrant une voie inédite au moment où il lui faudrait regarder sa vie en face, sans le secours des subterfuges qui permettent aux hommes d'esquiver jusqu'au bout cette perspective rocailleuse sur eux-mêmes. Elle avait ouvert la baie vitrée et s'était arrêtée sur la terrasse, happée par le spectacle de la mer qui scintillait en contrebas, étale, entre les parois des falaises. Des barques de pêcheurs flottaient, signalant la présence du village à quelques centaines de mètres en dénivelé. Pas un bruit ne couvrait le lointain ressac de la Méditerranée. Le ciel cobalt déversait une lumière pure, et il sembla à Ismaïl que sa poitrine se dilatait à chaque inspiration. Une joie sauvage l'envahissait, il sentait son sang couler avec vigueur dans ses veines, tous ses sens aux aguets, l'odeur de la mer l'enveloppait, il se changea rapidement après avoir déposé leurs bagages dans la petite chambre fraîche aux volets presque fermés, et pieds nus rejoignit Meriem sur la terrasse. Elle était assise genoux repliés contre sa poitrine, face à la mer, sur le muret blanc qui bordait la terrasse. D'un commun accord, sans échanger un mot, ils entrèrent dans la maison pour en ressortir par la porte du jardin et dévalèrent la pente escarpée jusqu'à la mer, Meriem d'un pas léger, bondissant presque sur le chemin, Ismaïl plus prudemment, posant son pied chaussé d'espadrilles, éprouvant la résistance des légers éboulis qui menaçaient çà et là de s'effriter. Légèrement essoufflés, ils arrivèrent au bord de l'eau, Meriem ôta ses sandales de cuir brun, et les tenant à la main, sa robe relevée, elle entra d'un coup en courant dans l'étendue miroitante, pataugeant comme une enfant, soulevant autour d'elle des gouttelettes irisées qui retombaient, troublant à peine la clarté de la mer. Elle tournait sur elle-même dans un mouvement ralenti par la résistance passive de l'eau saline, et bientôt il ne vit plus ses jambes, seul son buste vivant émergeait, sa peau claire et sa chevelure traversée de lueurs fauves, elle l'appela en riant, "viens mais viens !", mais il resta debout à la contempler. Alors elle revint vers lui, luisante d'eau salée, avec sur elle l'odeur chaude de cette après-midi aux couleurs d'embruns et de ciel, toute la plage autour d'eux vibrait sous le soleil, sa peau fraîche qu'il touchait en remontant vers la maison, mais elle bifurqua soudain, sa robe de cotonnade alourdie d'eau collée sur les hanches, "allons manger des sardines". "Change-toi alors, répondit-il, presque paternel, c'est un village de pêcheurs, ici, tu ne peux pas te promener avec cette robe mouillée." Elle n'avait pas protesté et il l'avait attendue debout, appuyé contre le muret, elle était réapparue si vite qu'il avait posé son regard sur elle pour vérifier que la robe qui la couvrait, dévoilant ses mollets laiteux, n'était pas la même. Il aurait préféré une robe plus longue mais il se tut, il avait déjà suffisamment de remords de la savoir en butte aux sourires pincés de certains collègues à l'hôpital, des femmes en général, qui, la considérant comme une voleuse d'époux, avaient pris fait et cause pour Médée sans la connaître, victime angélisée des manigances d'une aventurière. La réprobation qui s'exprimait était d'autant plus virulente que l'indiscutable compétence de Meriem, sa virtuosité de chirurgien en agaçait secrètement plus d'un. Il avait perçu avec colère certains regards discrètement goguenards lorsqu'elle prenait la parole au moment des échanges du staff médical de la matinée et avait surpris les propos admiratifs mais libidineux de jeunes stagiaires, comme si la brèche ouverte par les circonstances de sa vie privée avait fait vaciller la légitimité chèrement conquise par la jeune femme, atteignant et dégradant l'évidente sûreté de ses gestes et son intuition fulgurante. Ismaïl avait également mesuré l'écart qui sépare l'indulgence traditionnellement réservée aux hommes adultères et la véhémence avec laquelle les mêmes condamnaient sans recours celle qui avait détourné le fautif d'une vie familiale lisse comme une image de papier glacé. C'est pourquoi il se tut devant le choix de Meriem, cette robe aux manches courtes, couleur anis, fraîche et dansante, qui dénudait ses jambes.

Elle était d'une jeunesse dévastatrice, avançant à ses côtés, prête à dévorer les sardines grillées proposées dans les deux snacks du petit douar aux ruelles étroites, parfois le vrombissement d'un vélomoteur perturbait la paix des devantures closes, maisons aux volets fermées, les habitants fuyant la chaleur au cours de longues siestes jusqu'au crépuscule ; elle s'était tranquillement attablée, lui laissant le soin d'interpeller le gérant de la gargote et d'établir le menu, salade de tomates coupées et oignons, sardines au gros sel et pain frais. Elle lui souriait, ses yeux émouvants, comme si son regard était un miracle renouvelé chaque fois sous les paupières gonflées, la peau si fine qu'elle semblait au bord d'une déchirure, contrastant avec la profusion vigoureuse de sa chevelure brillante au soleil. Elle ressemblait à une jeune déesse de la Méditerranée, prête à conquérir les rivages plus lointains, et tandis qu'elle dévorait les plats disposés sur la table, il sentait naître en lui un curieux sentiment d'impuissance, inséparable du désir mélancolique que suscitaient en lui ses moindres mouvements, sa vitalité tout entière à la merci de cette jeune femme qu'il connaissait au fond si mal. Il savait qu'il était souvent injuste, la malmenant intérieurement, parfois furieux de ce piège dans lequel il était englué, comme les oiseaux échoués, les ailes collantes de goudron sur certaines plages de l'océan à Rabat. Un jour, et pourquoi ce jour plutôt qu'un autre, il avait perçu au-dessus du masque chirurgical le regard de la jeune assistante surdouée, anticipant ses gestes comme personne, une sorte de double dont la pensée s'incarnait dans les mains menues et précises, touchant la glaire molle du cerveau au point exact de la tumeur, prélevant l'amas de cellules mortelles à la frontière ténue de la destruction d'un sens, de la possibilité d'une expression, de la mémoire… Elle lui était devenue indispensable, il la cherchait avant d'entrer au bloc, et toujours il la trouvait à l'endroit de son attente. Il y avait dans sa présence une sorte de rayonnement qui chassait l'appréhension, comme si elle n'envisageait pas l'échec, une vigueur qui commençait à lui faire défaut – il l'avait possédée, plus jeune, cette foi sacrée en ses gestes, cette certitude que l'intervention était une chance pour le patient allongé là, totalement vulnérable, déjà dépossédé, par la puissante liturgie du bloc et de ses officiants, de sa liberté et de son pouvoir sur lui-même. Il savait, au moment même où face à lui, émouvante de jeunesse dans sa courte robe de lin anis, elle lui souriait, le visage constellé par les premières taches de rousseur que le soleil ardent faisait surgir sur sa peau claire, qu'il convoitait plus que tout cet élan qui lui manquait, entamé, depuis le moment où le cercueil de Hourya avait disparu dans la terre meuble du cimetière adossé à la mer, comme si la foi de sa mère en sa mission de médecin l'avait soutenu jusque-là, conjurant une invincible mélancolie qui le faisait douter de la puissance même de la science dont il s'évertuait à maîtriser les plus infimes subtilités. En sortant du bloc ce jour précis où ils avaient échoué, le corps tiède de leur jeune patiente branché au respirateur, avant d'annoncer aux parents l'issue funeste de leur intervention, il avait, dans un geste échappé à sa conscience, tendu la main pour effleurer du bout des doigts le renflement bombé, si troublant, des longues paupières de Meriem, une caresse esquissée, plus intime que toutes, et elle avait regardé tranquillement cet homme défait aller à la rencontre de ce mystère en elle qu'elle ne maîtrisait pas. Ce qui s'était produit ensuite, c'était cette soif qu'ils avaient l'un de l'autre et qui les tenaillait soudain au moment le moins prévisible, et rien ne pouvait les empêcher alors de se retrouver, pour un bref instant ou plus longuement, tremblants de joie, plongés ensemble dans la spirale de leur désir, si violemment assouvi qu'ils pouvaient ensuite s'ignorer des jours durant, comme si ce qui surgissait si brutalement ne concernait pas ces autres eux-mêmes pris dans des vies où la responsabilité, le devoir et l'attention extrême au moindre geste étaient ce qui organisait la plus grande part de leurs heures disjointes et pourtant liées.

Ce soir-là, tandis qu'elle s'endormait comme une enfant dans la petite chambre aux murs chaulés dont la porte-fenêtre s'ouvrait sur le miroitement des étoiles tombé dans la mer, il s'était relevé et dans la salle de bains, face au miroir installé par Hourya, il s'était regardé comme jamais auparavant, un homme, tout en lui était vivant, son corps ferme d'ancien sportif aux épaules larges – il ramena en arrière sa chevelure souple, striée de cheveux blancs, le charme d'un sexagénaire, pensa-t-il avec une ironique lucidité –, les rides plus claires sur le front, le pli vertical entre les yeux, un début de mollesse dans la chair du cou, il ouvrit et ferma ses mains, vérifiant la souplesse des jointures, la puissance de la prise. Son regard exercé s'attardait sur ce qui s'annonçait, les désastres à venir logés dans les replis de la chair, encore invisibles, le souffle plus court après l'effort, une fatigue en fin d'après-midi, qu'il imputait au rythme d'un engagement professionnel intense. Elle avait ri, joyeuse, légère, "mon amour que t'arrive-t-il, la malédiction des sardines !?". Il avait ri avec elle, son appréhension dissipée par sa contagieuse gaieté, elle avait fermé les yeux et son visage était un masque ancien, le visage sans regard d'une mystérieuse idole à la chevelure crantée comme les vagues de la mer, et de nouveau le miracle de son désir intact, né à la faveur de ce geste sans signification mais qui le touchait quelque part où il ne s'était jamais aventuré auparavant, cette manière de fermer ses paupières bombées, lui offrant sans le savoir toute sa vulnérabilité, c'était là le vertige de cet amour qui le rendait puissamment à son désir éperdu de vivre et lui apprenait à mourir.

SECONDE PARTIE

Et mes éclipses et mes retours

Samia vint trois jours à Rabat avant de repartir à Londres. Elle annonça à son père qu'elle serait de retour rapidement, pour au moins un mois ; il prit des résolutions fermes, plus d'alcool, ce fut le premier sacrifice à l'exigeante déesse de la paternité, c'est ainsi qu'il se le formula plus tard, tout entier absorbé par la nécessité d'offrir à sa fille aînée une figure paternelle digne de ce nom. Il était impatient, mais aussi tenaillé par l'inquiétude, comme un homme qui joue sa tête et anticipe les délibérations d'un jury tout-puissant. Il se rasa soigneusement et, répugnant à sortir, appela Hamid, son coiffeur de plus de vingt années, qui vint redonner forme à sa chevelure léonine. Samia adorait attraper à pleines mains les boucles cuivrées de son père, et lui jubilait devant cette prise de possession vigoureuse, son premier enfant, il y avait toujours eu entre eux ce lien resté unique, comme si la venue d'Aya puis celle d'Adam avaient constitué les cercles concentriques de ce choc initial. Douché, rasé de près, vêtu d'un pantalon clair et d'une chemise de coton blanche, de mocassins souples, il était allé la chercher à l'aéroport. Malgré la douceur du climat printanier, il avait frissonné en marchant jusqu'à l'entrée de l'édifice où il la trouva déjà arrivée, frêle et pâle, vêtue comme une jeune femme rangée d'un jean et d'un blazer bleu, mais son regard posé sur lui n'avait pas son éclat habituel. Elle se précipita vers lui, "papa"... Toutes ses appréhensions s'évanouirent, il la serra comme avant, quand elle prenait place contre sa poitrine pour lui raconter avec véhémence un chagrin, une injustice, et elle eut ce geste venu de l'enfance, posant sa joue contre la sienne, la frottant avec tendresse. Il en avait toujours été ainsi entre eux deux, comment avait-il pu craindre de la perdre ? Il mesurait combien l'éloignement la lui avait rendue étrangère, la propension qu'il avait à imaginer sa propre relégation, et surtout il prit conscience du poids qu'il avait porté tous ces derniers mois, la crainte de ne plus avoir aucune place dans le cœur et la vie de ses enfants, ou une place si dévaluée, si amoindrie qu'il lui aurait fallu à chaque rencontre se tenir comme un paria face à eux, une sorte de père déchu dont ils auraient toléré la présence en souvenir des anciennes croyances qui interdisaient le total oubli d'un père.

"Ma petite fille"... Ils s'étaient installés dans le salon, après les effusions des retrouvailles avec Safia et le tour de reconnaissance du jardin désherbé par Ba Ahmed appelé à la rescousse dès l'annonce de l'arrivée de l'enfant prodigue. Les vases de Médée emplis d'eau claire, fleuris de longues tiges de lisianthus blanc et violet, les odeurs de gâteau aux pommes venues de la cuisine, le parfum de l'encaustique et du savon noir avec lequel Safia avait frénétiquement nettoyé les sols, la lavande brûlée dans l'ancien encensoir de Hourya, tout redonnait vie à ces lieux dans lesquels les chambres vides et le séjour familial déserté avaient résonné de l'écho des voix absentes. Samia avait souri avec une sorte de soulagement en retrouvant intacte la maison, il la regardait reprendre possession des pièces et une ou deux fois il surprit un coup d'œil rapide glissé sur un livre qui dans son souvenir avait davantage sa place sur les étagères de bois clair que sur la petite table d'appoint, cherchant les indices dans l'espace familier de la présence de l'autre femme dont l'existence avait creusé un cratère dans leurs vies à tous. Mais Safia avait veillé, faisant disparaître jusqu'aux plus infimes traces de Meriem ; elle l'avait en quelque sorte effacée complètement de la mémoire des lieux, la renvoyant dans les limbes comme un fantôme indésirable. Ils déjeunèrent ensemble sur la terrasse, Ismaïl attentif à une sorte de désarroi inexprimé de sa fille aînée, dont le smartphone posé sur la table clignotait sans arrêt. Elle y jetait un coup d'œil, son visage fin assombri, et secouait machinalement sa chevelure dénouée en une masse opulente et soyeuse. Elle avait tellement maigri que son père ne reconnaissait plus son corps auparavant plus voluptueux que celui de son frère ou de sa sœur, qui avaient hérité de la silhouette longiligne de leur mère. Il distinguait la femme dans sa propre fille, avec une émotion étrange, une sorte de frayeur, s'interrogeant sur le sens de cet amaigrissement soudain, excessif qui la rendait vulnérable, elle qui toujours, dans cette *famille d'artistes* comme elle le soulignait, défiant sa mère et son frère avec un rire exaspéré, portait haut la bannière d'un solide pragmatisme. Son regard s'attardait sur les clavicules saillantes de la jeune femme. Quand il avait étreint Samia à l'aéroport, il avait senti ses côtes et, à travers la veste fine, sa colonne vertébrale. Elle mangeait distraitement, à peine, malgré la table chargée de ses plats préférés. Safia avait cuisiné toute la matinée pour l'enfant qu'elle avait vue grandir. Ismaïl le lui fit remarquer et elle se força à finir son assiette. Il s'en voulut aussitôt de ce petit chantage affectif, à quel titre sitôt rétabli dans un semblant de paternité endossait-il ce rôle, qu'il n'avait jamais tenu, de tuteur nourricier ? Après le déjeuner, Samia s'excusa avec un sourire contrit et se retira dans sa chambre. Il avait le sentiment d'avoir manqué quelque chose, elle est encore là pour deux journées entières, nous avons toute la soirée, se rassurait-il, puis n'y tenant plus, au bout d'une heure, il entrouvrit avec mille précautions la porte de sa chambre. Elle dormait profondément en travers de son lit d'adolescente, couchée sur le ventre, les rideaux partiellement baissés. Il s'éloigna doucement. Son téléphone dans sa poche pesait du poids de la tentation et, retournant dans le vestibule, il consulta ses messages. Meriem avait envoyé un texte bref et doux, s'enquérant de l'arrivée de Samia, il y avait aussi ses sœurs qui souhaitaient embrasser leur nièce, un mot de Youssef et une notification sibylline de Sadreddine, son beau-frère, qui souhaitait le voir "à sa convenance". Ce fut sans doute ce message lapidaire – avant d'être l'époux de sa belle-sœur Lilia, Sadreddine avait été son ami de toujours – qui affecta Ismaïl et le renvoya à la réalité de sa vie familiale telle qu'elle se présentait dorénavant, un champ de ruines et de mines où il ne pouvait se mouvoir qu'avec les plus grandes précautions. La présence de Samia dissolvait au bout de quelques heures l'illusion de la réinvention de soi, ainsi que le miracle de cet amour vécu jusque-là en marge de toute existence sociale, isolant les amants sur une île bienheureuse depuis quelques mois.

Le déjeuner avec Hind et Najat avait été la seule incursion de Meriem dans l'ancienne vie de son amant, comme si finalement le partage de leur réalité de praticiens hospitaliers, si envahissant, les avait dispensés d'exister ailleurs que dans le cercle magique et limité de leur intimité. Ismaïl ouvrit la porte-fenêtre et sortit dans le jardin tel un adolescent poursuivi par l'autorité parentale. Il appela d'abord Meriem, elle ne répondit pas, et tandis que le téléphone lui renvoyait la sonnerie familière, il envisagea les raisons inconnues de ce silence, avant de se souvenir qu'elle officiait au bloc opératoire et n'en sortirait que trois heures plus tard. De retour sur la terrasse, il composa le numéro de Sadreddine. L'échange fut bref, empreint de tension, son beau-frère lui faisait part de la volonté de Médée d'entamer une procédure de divorce. Il apprit ainsi que sa femme, de retour à Tanger, avait emménagé dans une maison louée à flanc de montagne et qu'elle déclinait définitivement sa proposition d'occuper la leur, qu'il avait pensé lui céder. Il s'assit, le téléphone à la main, curieusement désemparé. Il était pourtant lui-même à l'origine de cette rupture, mettant fin à la tension devenue insupportable entre sa vie familiale et celle avec Meriem, éprouvant combien cette passion – quel autre mot semblait alors plus juste pour désigner ce qu'il vivait avec cette jeune femme surgie sur son chemin –, n'exigeant rien, ne réclamant aucune place particulière dans son existence, se contentant de le faire se sentir vivant avec une intensité jusqu'alors inconnue, si bien qu'il ne pouvait plus accepter cet autre état, jusque-là serein et plein, aux côtés de son épouse, qu'il avait pourtant profondément aimée. Durant plus d'une année, il avait lutté contre ce qui s'apparentait à une défaite personnelle, rompant plusieurs fois avec Meriem avant de revenir, comme un possédé, frapper à sa porte, qu'elle ouvrait avec la même ferveur et le même désarroi chaque fois. Au sortir de ces étreintes intenses, qui lui dévoilaient quelque chose de lui-même qu'il ne pouvait ignorer sans avoir le sentiment de mourir d'une certaine manière – et comment aurait-il pu l'expliquer à qui que ce fût, pas même à Youssef dont le solide bon sens masquait une véritable finesse –, il expérimentait de retour chez lui, parmi les siens, l'impression d'être un étranger entré par effraction dans une vie qui ne le concernait presque pas. Il avait oscillé parfois, hésitant à se confier à sa femme, sa meilleure alliée jusque-là, mais la perspective d'affronter son regard, où il aurait fallu d'abord lire l'incrédulité puis la souffrance, l'avait fait reculer plus d'une fois. Curieusement, une colère progressive s'était élevée contre elle, absorbée par les créatures qu'elle polissait, pleine d'une jubilation créatrice. La discrétion même de Médée – qui n'évoquait pas son travail, le maintenant à la lisière de leurs vies à tous alors même qu'il l'absorbait avec une intensité qu'il avait fini par réaliser au fur et à mesure, quand la reconnaissance venant, sa femme avait été sollicitée afin d'exposer son travail dans des espaces dont il avait découvert l'importance rétrospectivement, lieux où s'organisaient les signes d'une notoriété qui bientôt dépassa les frontières de leur ville et même celles du pays, étendant le nom de Médée en Europe et en Amérique – lui apparaissait dans ces moments-là comme une sorte de dissimulation, à tout le moins une tentative réussie afin de minimiser ce qu'elle accomplissait pour elle alors même que son métier de chirurgien prenait toute la place dans leur vie familiale et sociale. Un ressentiment souterrain l'avait également envahi quand il avait réalisé combien il était exclu de la connivence qui la liait à leurs enfants et qui naissait dans le partage de la vie quotidienne ; mais aussi parce qu'il lui en voulait de cette confiance sans faille qu'elle lui témoignait, mettant un peu trop vite ses insomnies répétées sur le compte d'une fatigue accrue, s'enquérant avec sollicitude de ses journées à l'hôpital ; il n'aurait sans doute pas supporté une tendresse plus intrusive mais se prenait à interpréter la foi qu'elle avait en lui, jamais questionnée, comme la marque d'une indifférence plus profonde, et songeait avec une étrange amertume à cette autre vie, solitaire, où elle existait en dehors d'eux tous. Il se prenait à anticiper la réaction de Médée s'il lui faisait part de ce qui le tourmentait, et ne l'imaginait jamais secouée de colère et de douleur, hystérique et jalouse, mais toujours silencieuse, dans une sorte de dignité inébranlable. Dans des moments de colère intérieure, d'autant plus violente qu'il se savait injuste, il la comparait à Meriem, passionnée, vivante, profondément indépendante elle aussi, mais présente pleinement à ses côtés, bataillant pour la guérison des patients, luttant pour obtenir davantage de subsides lors des commissions avec le ministère et la direction administrative de l'hôpital, engagée dans une association d'aide aux familles des malades qui organisait et subventionnait en partie le séjour de ceux venus de loin pour accompagner l'un des leurs. Il regardait autrement Médée, redécouvrant son aristocratique beauté à l'aune du corps souple et fort de Meriem, dont les imperfections mêmes suscitaient en lui un désir bouleversant. Il y avait dans la manière de son épouse de se mouvoir, de manger, de parler quelque chose qui l'avait tenu à distance, le reléguant à la périphérie de l'intimité qu'elle lui avait pourtant ouverte cette après-midi de juin dans la maison de ses parents en fête à Tanger, quand elle l'avait introduit dans l'atelier éclaboussé d'une lumière crue, plein de statues aux formes pures mais aussi de créatures de résine durcie, de fils de fer tordus, encagées ou liées, dévoilant pour lui un univers si vibrant – elle n'était alors qu'une toute jeune femme – qu'il l'avait accueillie en lui, dans un élan d'amour profond, le comblant toutes ces années.

Il avait conscience de la mesquinerie de ses griefs, d'autant plus qu'elle avait proposé, avec une confiance évidente, de l'accompagner davantage dans ses déplacements à l'étranger. Les enfants avaient grandi, tous vivaient à présent ailleurs, elle était donc plus libre d'aller et venir à ses côtés. Il s'était souvenu avec colère, encore, de sa solitude dans les chambres d'hôtel anonymes ; sitôt arrivé, sa valise à peine posée, il appelait sa femme, ressentant son absence à chaque étape de ces grands-messes de la communication médicale, observant ses confrères qui souvent vivaient ces parenthèses en liberté, nouant à la faveur des rencontres des liens éphémères, aventures extraconjugales que la distance rendait irréelles, tandis que lui n'aspirait qu'au retour parmi les siens. Et le voilà, à soixante ans, défait, c'est le mot, découvrant les conséquences irréversibles de son intégrité. "Tu es vraiment le seul mec à être aussi con ! avait réagi Youssef en apprenant l'abandon par Ismaïl de son épouse dans cet aéroport international. Comment peut-on être aussi brillant et aussi stupide en même temps ? Cette fille, elle a l'âge d'être la tienne ! À trente-cinq ans, aujourd'hui, elles sont comme nos sœurs à vingt ans ! Ta femme, c'est ta colonne vertébrale, mon frère, la mère de tes enfants ! Vis ce que tu as à vivre, et préserve ta famille." Mais il n'était pas l'homme de ces calculs. Il respectait sa femme, leur lien. Il l'avait poignardée d'un coup sec, au nom d'un idéal de vérité qui devenait soudain relatif. Le pragmatisme de Youssef l'exaspérait, il y voyait une sorte d'effondrement moral qu'il attribuait à l'état de la société tout entière, où le renversement des valeurs favorisait les tergiversations et les négociations dans le souci exclusif de préserver les apparences au détriment de la vérité. Il se sentait séparé de la majorité de ses concitoyens et observait la nouvelle génération de médecins moins rigoureux, qui acceptaient avec une sorte de fatalisme la régression de l'hôpital public, l'état de déliquescence de certains services. Il savait qu'un bon nombre d'entre eux négociaient des appointements clandestins dans des établissements privés, fermaient les yeux sur les pratiques de corruption ; les patients vulnérables s'enlisaient dans des situations inextricables, soudoyant les infirmiers pour obtenir une hospitalisation, quémandant des passe-droits. Partout le règne de l'argent, l'affairisme effréné l'emportaient. Il vivait arcbouté, construisant contre vents et marées un îlot de rigueur et de compétence avec les jeunes médecins qui dépendaient de lui, semblable à ceux, parmi les collègues de sa génération, qui incarnaient encore une certaine idée de la médecine hospitalière.

Il retourna dans la maison, Samia dormait toujours. Il avait perdu sa sérénité. Le retour momentané de sa fille aînée le rendait à une lucidité sèche, ses choix lui apparaissaient dans toute leur naïveté, ses croyances aussi, une vie passée à poursuivre l'illusion de rendre à Hourya la dignité qui lui avait été arrachée au moment de la disparition de Brahim, une manière pour lui d'éteindre l'humiliation éprouvée quand ils dépendaient du bon vouloir de l'époux de sa tante Najia pour recueillir des bribes d'informations inconsistantes, susceptibles de les éclairer sur le sort réservé à son père. Il se réveillait, groggy, à soixante ans, dans une société où la prédation le disputait au cannibalisme, comme en témoignaient les corps exsangues de ses patients, atteints de tumeurs ravageant leur esprit, escroqués de leurs vies, atteignant souvent son service quand il était trop tard. Au cours des congrès internationaux, il projetait sur les écrans tubulaires des tumeurs aux formes inédites, excroissances énormes qui interrogeaient sur la vitalité désespérée de ses concitoyens mais exposaient dans le même temps avec une crudité sans paroles l'état de dénuement sanitaire du pays. Il avait initié ses internes au dépistage précoce des tumeurs, engagé des campagnes de sensibilisation pour la reconnaissance des premiers symptômes de troubles neurologiques, sollicité des subsides pour accroître les capacités d'accueil de son service. Il avait publié, enseigné. Meriem était en quelque sorte son prolongement, il voyait dans sa méticulosité, sa bienveillance, son engagement sans faille au sein de l'hôpital un double gémellaire du jeune homme ambitieux, acharné et brillant qu'il avait été. Tout était à construire, alors, et sa génération pouvait croire en des jours meilleurs, malgré la saignée que les années sombres de la répression avaient infligée aux élites du pays. Mais aujourd'hui, l'université était infestée de prédicateurs enflammés, certains médecins refusaient de serrer la main de leurs collègues sous prétexte de croyances religieuses, et même, adressaient leurs patientes à des femmes, pour les examens exigeant la nudité. Brahim était mort pour rien, et lui-même avait été impuissant à endiguer le flot des nouvelles croyances auprès de ses étudiants, d'autant plus séduisantes pour une jeunesse sans référentiel qu'elles se paraient des oripeaux d'une tradition imaginaire, grotesquement détournée.

Les pensées affluaient, il imagina son épouse dans cette maison louée sur les flancs de la Vieille Montagne, échouant non loin de celle de son enfance, livrée à la présence fantomatique de Faïza, sa belle-mère. Toute l'œuvre de Médée portait l'empreinte de sa relation tourmentée avec cette mère mondaine et narcissique, sans doute marquée par une dépression qu'elle s'obstinait à nier. Pourquoi avait-elle choisi ce retour aux sources ? Il ne put s'empêcher le soir, une fois le dîner desservi, de questionner

Samia. Sa fille répondit avec une maturité nouvelle que Médée et Juan avaient choisi de séjourner à Tanger, là où ils s'étaient rencontrés la première fois, quand elle n'était qu'une toute jeune fille passionnée par la taille de pierres et lui déjà un sculpteur emblématique, peut-être pour ancrer leur histoire si ancienne, et si neuve, dans la terre des commencements, inventant une continuité que seul cet espace pouvait leur offrir. Il était resté silencieux, sensible à la tendresse exprimée de Samia pour sa mère. "Elle est forte, maman, remarqua la jeune femme. Je pensais qu'elle mourrait de ce qui lui arrivait, elle semblait si incapable de vivre sans toi." Il y avait dans sa voix une nuance de soulagement, mais aussi de fierté. Il voulut savoir : "Ils s'installent ensemble ?" "Non, répondit sa fille, Juan a acquis une maison mitoyenne, maman veut une maison à elle, c'est ce qu'elle a confié à Adam. Ils se verront tout le temps, mais je crois qu'elle ne veut plus habiter chez quelqu'un." Il éprouva le besoin de se justifier : "Je lui ai proposé de garder cette maison, considérant que c'est la sienne. Visiblement, elle a définitivement refusé mon offre." Il y avait du dépit dans sa voix. Samia l'observa avec curiosité : "Tu pensais vraiment qu'elle continuerait d'habiter cette maison ? Moi je ne l'aurais jamais accepté !" Un monde inconnu s'ouvrait devant lui. Il n'avait jamais envisagé que Médée pût décliner sa proposition. Sa fille aussi était une femme, elle le défiait à présent, le regard vivant, solidaire de sa mère : "Tu aurais souhaité qu'elle joue les Pénélope, la gardienne des traditions, pendant que tu vivais ta grande histoire d'amour ? Elle a eu mille fois raison, papa !" Oui, Médée avait raison, pour toujours et quoi qu'elle fît aux yeux de ses trois enfants devenus adultes. Ils auraient pour lui une tendresse étrangère, surtout Adam qui ne lui pardonnerait jamais l'abandon de sa mère. Samia lui apprit que c'était Adam qui avait téléphoné à Juan, si inquiet pour sa mère qu'il avait cherché secours auprès du vieil ami de Médée. Ismaïl en fut curieusement atteint, Médée lui avait raconté sa rencontre avec Juan, elle avait alors dix-sept ans, il avait été son mentor, un jeune sculpteur surdoué. Il l'avait rencontré deux fois, et chaque fois le charisme rayonnant de l'artiste l'avait subtilement contrarié. Il avait plaisanté avec Médée, il s'en souvenait, "Juan est amoureux de toi", et elle avait ri avec lui : "Il y a longtemps, quand j'étais jeune, un peu oui." Il savait aussi que le sculpteur suivait avec attention l'évolution de sa femme, et la reconnaissance de son œuvre devait beaucoup à l'influence de Juan, qui avait sorti Médée de la solitude de son atelier en signalant son œuvre aux institutions les plus prestigieuses. Mais jamais il n'aurait imaginé cette issue, Juan et Médée unis après son abandon ; il y avait pourtant dans ce lien une évidence aveuglante, et le regard légèrement ironique de sa fille posé sur lui le renvoyait à son étrange cécité, celle-là même qui l'avait conduit, alors qu'il n'était qu'un tout jeune homme, à ne pas imaginer pour Siham, sa compagne d'alors, la possibilité d'une rencontre conduisant à la désagrégation de leur lien.

Il avait pleinement conscience, au moment où il avait décidé de quitter sa femme avec une telle brutalité – rendant ainsi la rupture irréversible, mais surtout parce qu'il lui avait été impossible de concevoir une manière acceptable de justifier son acte, dont il avait honte au fond, et qui s'imposait à lui avec une telle violence qu'il ne savait comment la contenir – que Médée serait dans un premier temps anéantie par la brutalité de la chute ; mais il savait aussi que cette brutalité même était la condition pour eux deux d'une autre vie, exactement comme après une mort imprévisible, le conjoint survivant, choqué par l'irruption sauvage du deuil, puise, en raison de l'anéantissement initial, une sorte de force désespérée et parvient par étapes, après de profondes transformations de son être, de sa psyché, à trouver des ressources inespérées. Mais cette femme, la sienne depuis de longues années, si dévouée, et dans le même temps appartenant à cette nécessité qui l'habitait, la soustrayait aux émotions communes, toute son énergie et sa sensibilité tendues dans la production de ces créatures de pierre et de chanvre, d'acier et de verre, il la découvrait autre dans le récit de sa fille, comme si cet abandon avait révélé, en la pulvérisant, sa puissance. Il notait dans les gestes de Samia, dans sa voix une sorte de jubilation ; la force enfin révélée de sa mère la libérait dans le même temps de la hantise de sa propre faiblesse. Elle parlait vite, enthousiaste après les premiers moments d'hésitation, lui révélant qu'une fois les trois jours passés à Rabat, elle rejoindrait Médée à Tanger pour une semaine, avant de repartir à Londres. Sa mère l'y retrouverait quelques jours plus tard, une rétrospective de son travail était organisée à la galerie Saatchi. Samia rougit de fierté en l'annonçant à son père. Il écoutait, vaguement mortifié, étonné de se trouver si mesquin, incapable de se réjouir pleinement de l'étonnante résilience de Médée. Un sentiment de perte le traversa, Samia poursuivait, excitée : "Adam et Aya vont nous rejoindre pour le vernissage, nous serons réunis, et Adam a proposé à maman que nous passions quelques jours ensemble dans le Yorkshire. Je ne pourrai pas les accompagner, mais Adam ira avec elle, c'est certain. Tu sais bien comme il la protège toujours de tout !"

Il le savait, en effet, comme il savait qu'il était devenu pour son fils un quasi-ennemi, un homme dont la passion égoïste avait bouleversé la vie de cette femme exemplaire, sa mère, qu'il admirait et aimait par-dessus tout. Il semblait que depuis leur séparation, la route de Médée était jonchée d'étoiles. Ce soir-là, une fois Samia couchée, il rumina de sombres pensées. Il les imaginait, les siens, réunis autour de Médée rayonnante, Juan à ses côtés, admirant cet homme providentiel, une sorte d'ange gardien pour leur mère. Il se figura la complicité chaleureuse entre Juan et Adam, leurs discussions passionnées sur des sujets aussi variés que la représentation, l'engagement de l'artiste, les rapports entre le Nord et le Sud, l'inscription de la mémoire dans l'espace. Il savait que cet homme deviendrait un genre de mentor pour Adam aussi, encouragé par Médée, inscrivant peut-être une collaboration entre les travaux de son fils sur les mémoires migratoires et la puissance d'expression de cet artiste extraordinairement vivant, dont les œuvres témoignaient d'une humanité profonde et complexe. C'était lui qui avait ouvert la boîte de Pandore, libérant au fond Médée d'une existence marquée par une relégation assumée dont il avait entièrement bénéficié. Il avait oublié l'existence de Juan, ou la possibilité d'un autre amour pour Médée, d'une tout autre vie, pris dans les rets de sa propre passion pour Meriem, cette exultation qui l'avait davantage installé au centre de lui-même, dilatant son ego d'homme sur le point de vieillir, qui entamait dans l'exaltation la pente descendante de son existence et prolongeait avec ivresse le sentiment de sa puissance.

Il voyait à présent dans le refus de Médée de bénéficier de ses largesses – l'accès plein et entier à un compte bancaire qu'il aurait financé ainsi que la jouissance de leur maison familiale – une manière de le renvoyer à l'indigence de cette tentative de réparation, mais aussi plus subtilement une confrontation avec la réalité que son épouse lui avait longtemps épargnée, œuvrant afin de le maintenir au centre d'une vie familiale chaleureuse et unie qu'elle avait pour la plus grande partie assumée seule toutes ces années durant. Il l'avait toujours su mais ne mesurait qu'imparfaitement la générosité de cette femme discrète, qui faisait de lui un véritable *pater familias*, soucieuse de restaurer ce que la vie et les circonstances de son enfance ne lui avaient pas permis de vivre, la disparition de son père comme un trou béant dans le foyer de Hourya. Médée l'assignait à résidence aujourd'hui, le privait de sa liberté, simplement en refusant le rôle que son séjour dans cette maison lui aurait naturellement permis de continuer à tenir, à l'image de Hourya restée sa vie entière dans l'appartement de la place Pietri, qui avait incarné pour ses enfants la continuité de la vie familiale et l'assurance que la place de Brahim était maintenue envers et contre tout. Il savait que sa femme n'avait pas prémédité les conséquences de son refus, elle avait réagi à sa proposition avec une liberté nouvelle pour lui, celle dont il avait lui-même organisé la possibilité. Il constatait avec une curieuse détresse combien il lui avait finalement fallu peu de temps, relativement à ce que leur histoire avait semblé représenter pour elle, pour s'affranchir de toutes les contraintes d'une vie familiale précisément organisée autour de la nécessité de le libérer, lui, des pesanteurs de sa famille, pour lui permettre de se dédier complètement à son autre vie consacrée à ses malades. Médée était suffisamment autonome, et sans doute depuis toujours, pour vivre pleinement sans lui, tournée vers son art, rendue tout entière à ce travail d'exploration qui l'avait habitée tout au long de leur vie commune.

Pour la première fois en trente ans, il s'interrogea sur la manière dont son épouse avait réussi à aménager si longtemps ses jours en faisant de ses besoins à lui, ainsi que ceux de leurs enfants, une priorité. Il avait consenti, comme tous les hommes de sa génération à quelques rares exceptions près, à cette idée que sa femme trouvait dans cette vie de famille qu'il lui offrait – c'est ainsi qu'il se l'était plus ou moins consciemment formulé – un équilibre précieux pour elle, sinon indispensable ; et il avait accepté avec une légère culpabilité de lui en laisser porter le poids, sans vraiment se questionner sur la part de sacrifice qu'impliquait cette répartition des responsabilités pour elle. Il imagina sa vie avec Meriem, s'ils avaient construit ensemble un foyer, jamais il n'aurait pu la charger ainsi d'un tel fardeau porté presque exclusivement. Au fond, il avait accueilli sans trop de peine l'idée que son travail de chirurgien, sa vocation et ce qu'elle impliquait de responsabilité étaient largement prioritaires. Parfois Médée évoquait la difficulté pour les artistes de faire reconnaître la nécessité de leur travail, elle racontait les histoires de certains de ses amis en proie à la précarité mais aussi à une forme d'incompréhension de leur famille, de leur entourage. Beaucoup d'entre eux avaient vécu dans la solitude et la relégation sociale, sans doute aussi parce que leur travail s'inscrivait dans une véritable rupture des représentations, Médée le lui disait souvent, il y avait un défi à créer ainsi dans la faille béante ouverte par la domination coloniale, que ces artistes transformaient en se l'appropriant, comme un corps absorbe et rejette dans le même temps le lambeau greffé d'une peau étrangère. Médée appartenait à une autre famille d'esprit, et en s'arrachant à elle avec une si définitive brutalité, il lui avait permis de rejoindre sa terre promise, accompagnée par un homme qui la reconnaissait entièrement, comme lui accueillait et comprenait les urgences de Meriem lorsqu'elle annulait l'un de leurs dîners parce qu'un patient requérait son attention.

Au cours de cette nuit d'insomnie, il parla brièvement avec Meriem, mais son esprit errait ailleurs, et les jours qui suivirent, bien après le départ de Samia, il entrevit un certain nombre de faits, de circonstances à l'aune de cette lucidité fraîchement acquise, ce qui l'installa dans un sentiment d'incertitude nouveau pour lui. Sa fille, reposée et les yeux lumineux, lui annonça avant de quitter la maison qu'elle n'était plus si sûre de vouloir continuer de vivre cette vie à Londres, au cœur de la City et des transactions financières qui consacraient la voracité d'un système économique dont elle explorait les conditions d'existence et de déploiement, semblable à ces monstres antiques qui se nourrissaient de la chair sanglante de victimes sacrificielles quotidiennes. Il apprit ainsi que Samia avait vécu une histoire d'amour destructrice, et sans doute cet échec douloureux lui avait-il permis de considérer autrement le monde dans lequel elle évoluait et qui avait contribué à rendre impossible son histoire avec un architecte brillant, impliqué dans des projets largement élaborés autour de valeurs écologiques et solidaires. "Il parlait comme maman, tu sais, toute cette rhétorique autour de l'anthropocène, notre aptitude redoutable à détruire ce qui nous nourrit, la malédiction de l'homme prométhéen quand il oublie qu'il est dépendant du milieu qu'il transforme, tous ces débats que maman et Adam mettaient au centre de nos conversations ces dernières années, avoua-t-elle à son père, et je me sentais à la fois exaspérée et attirée. Mais depuis, vois-tu, il y a eu une transaction de trop, ce tremblement de terre en Inde, et d'un coup, les actions des entreprises de construction ont grimpé, la simultanéité quasi en temps réel de ces deux réalités-là, je vis ça tous les jours, mais c'était tellement brutal, cru, tu comprends, je ne sais pas, quelque chose comme un voile s'est déchiré, j'ai compris, non, j'ai senti ce que je faisais là, ce à quoi je participais, j'étais responsable, papa." Il avait attiré sa fille contre lui, ému. "Je comprends ma chérie. Qu'envisages-tu ?" Elle avait soupiré, et il l'avait encouragée en lui caressant les cheveux avec tendresse : "On est un petit groupe, ce sont d'anciens camarades de promotion, on travaille à la création d'une start-up, je crois que je vais les rejoindre définitivement, un projet d'économie solidaire… Je t'en dirai davantage plus tard, mais ce projet pourrait me ramener ici. L'idée, c'est, à partir d'un incubateur, d'accompagner les entrepreneurs qui lancent des projets solidaires, écologiques et de longue durée, ancrés dans un territoire. À l'origine de cet incubateur, qui fonctionne déjà en Inde et au Venezuela, il y a un ami à moi, qui a souhaité accompagner dans sa province trois entrepreneurs locaux. Ça fonctionne plutôt bien, et ça permet de rapatrier vers les pays du Sud des compétences, de mettre en place des circuits de soutien financier, mais pas seulement… J'en ai parlé un peu à Adam, il m'a mise en contact avec des amis à lui qui travaillent sur ce type de projets. C'est fou, j'ai un curieux sentiment, c'est une voie difficile, moins huilée que la City, tu comprends, je n'aurai plus les mêmes revenus… Mais je fais des rencontres formidables, et ma vie a un sens." Il avait ironisé affectueusement : "Décidément, les ruptures amoureuses sont des occasions de renaissance. Il fut un temps où elles signifiaient le désespoir pour les femmes." Elle répondit finement : "Es-tu nostalgique, mon petit papa ? Il se pourrait bien que nous ayons compris deux ou trois choses dans l'intervalle…"

Il n'était pas nostalgique, mais cette conversation avec sa fille avait jeté un jour nouveau sur sa propre vie. Il avait la sensation diffuse d'habiter une sorte de réalité périphérique, lui qui si longtemps avait organisé le monde autour de lui, érigeant sa vie à l'hôpital en repère absolu, négligeant l'idée de sa propre relativité. Il mesurait avec gratitude les liens profonds qui unissaient ses enfants entre eux, mais constatait dans le même temps la part prépondérante de Médée dans leurs échanges, elle était pour eux trois une sorte de sentinelle, et la matière même de leurs réflexions de jeunes adultes, de leurs orientations se trouvaient dans cette œuvre exigeante que leur mère avait discrètement déployée, nourrissant leur vision du monde au cours de débats passionnés, sans doute épuisants pour elle, qu'il avait manqués. Le départ de Samia le laissa en proie à un sentiment de solitude que la présence retrouvée de Meriem ne combla qu'imparfaitement.

Fermée comme un volet de buis / Une extrême chance compacte / Est notre chaîne de montagnes

L'une des conséquences indirectes du séjour de Samia fut un retrait manifeste de la part de Meriem dans les jours qui suivirent. Il le constata sur le chemin du retour de l'aéroport, en l'appelant pour convenir de leurs retrouvailles le soir même. Elle lui répondit brièvement qu'elle ne pourrait le rejoindre en début de soirée, elle avait accepté une invitation chez un confrère qui fêtait l'anniversaire de sa jeune sœur. Ismaïl ne fut pas étonné de n'être pas convié, ce médecin n'était pas de sa génération mais plutôt de celle de Meriem, plus proche de Samia que de la sienne, s'avisa-t-il. Il passa à l'hôpital, s'informa de l'état de ses patients récemment opérés, consultant la programmation de ses interventions au bloc opératoire. La journée du lendemain démarrait dès huit heures, aussi il rentra chez lui avec l'espoir de se reposer en attendant le retour tardif de Meriem. Il déclina dans l'intervalle une invitation à dîner avec Youssef, heureux d'avoir aperçu Samia la veille et inquiet de le savoir privé de la présence de sa fille. Il avait besoin de solitude, après ces journées chargées d'émotion et de révélations qui avaient jeté sur les décisions qu'il avait prises, mais plus largement sur la manière dont il se représentait sa vie, un jour perturbant. Safia était d'humeur sombre, le départ de Samia l'avait affectée. Il dîna seul, rapidement, en regardant les informations à la télévision. Guerres, catastrophes naturelles liées au changement climatique, vastes assemblées d'hommes en costumes sombres organisant consciencieusement les termes de la prédation économique, jeunes gens lumineux et vulnérables défilant dans les rues des grandes villes du monde pour faire entendre leur droit à un avenir, réclamant un autre legs que celui d'une planète exsangue et déréglée, qui les entendra, songea-t-il avec une amertume ancienne. D'autres jeunes gens, en des temps pas si éloignés, avaient écrit et travaillé pour une vie meilleure, luttant contre la violence d'un système politique, examinant les conditions d'une société plus juste. Les meilleurs, comme son père, n'avaient pas survécu à leur idéal de justice et de liberté. Il pensa à sa fille, entamant un itinéraire nouveau, guidée par ce même idéal décidément inextinguible. Peut-être que cette génération serait plus armée que la précédente, retournant les outils de la domination financière contre le système violent qui organisait au nom de la liberté des marchés l'aliénation des hommes et la destruction de leur environnement. Il avait choisi sa voie et en un sens s'était épargné bien des questionnements, défendant avec acharnement l'hôpital public, tournant le dos aux tentations financières des cliniques privées. Il était bien moins fortuné que nombre de ses confrères, mais il n'avait jamais rêvé à la sorte de puissance que confère l'argent.

Installé dans le petit salon familier, il éteignit la lumière, laissant l'obscurité apaisante s'installer. La clarté de la nuit entrait par la baie vitrée du séjour, projetant des ombres bleutées. Il allongea les jambes et ferma les yeux. Samia était avec sa mère à présent. Elle avait envoyé un message en arrivant. Sa fille lui manquait. Aya et Adam aussi. Les enfants d'Aya. Il n'avait pas demandé à Samia si ses petits-enfants seraient aussi à Londres pour le vernissage de l'exposition de leur grand-mère. Trop jeunes sans doute. Ils resteraient à Paris avec leur père. Jamais Médée n'avait voyagé seule en lui confiant les enfants. Jamais Hourya n'avait déserté leur foyer, pas un seul jour. Il se déplaça légèrement sur le sofa, calant son dos confortablement, et ralluma le téléviseur ; les images défilaient silencieusement sur le large écran, folie du monde déversée devant ses yeux las. La guerre… Il reconnaissait les rues d'Alep, dévastées à présent. Il avait été invité par le chef du service de neurochirurgie de l'hôpital d'Alep et avait séjourné plusieurs fois en Syrie, mais aussi à Beyrouth, Bagdad, et en Cisjordanie. La grande mosquée d'Alep dévastée, son minaret étêté, il se souvint de la beauté vivante de la vaste cour de marbre noir et blanc où couraient les enfants, un champ de ruines à présent… La barbarie contemporaine détruisait ce que des siècles d'histoire humaine avaient soigneusement préservé. Il y avait dans ce monde qui s'annonçait, auquel sa fille prenait tout naturellement part, quelque chose qui lui serait étranger, il le pressentait, non pas qu'il fût dans une tentation du renoncement, mais il était chargé du poids de l'histoire antérieure, cette précieuse mémoire dont il connaissait l'importance, et qui l'alourdissait. Ce n'était pas sans raison que les sociétés traditionnelles reconnaissaient la sagesse des anciens, valorisant leur expérience, confortant la transmission des savoirs issus de la longue fréquentation du monde. Mais sa génération était confrontée à une telle accélération des techniques qu'il semblait, dans l'effervescence de leur appropriation, que cette expérience devenait obsolète, comme si au fond l'humanité elle-même devait être transformée par ces innovations. Les aborigènes défendant la forêt amazonienne contre la déforestation organisée par les multinationales de l'agroalimentaire… Il s'attarda, observant la dignité de ces derniers hommes de la forêt luttant pour leur survie, indissociable de celle de leur environnement séculaire. Adam en avait parlé un jour à table avec sa fiancée, Sofia. À nouveau un sentiment d'impuissance l'envahit. Il regardait cet homme en colère, leur chef probablement, son regard droit, le corps musclé lié à la terre mère, paré des insignes de sa tribu. Un résistant. Condamné. La marche de ce monde, inexorable, broyant ceux qui, au nom d'un lien sacré à la vie, défendaient une autre manière d'exister… Nous sommes devenus une espèce tueuse, songea-t-il, nous détruisons en vivant, nous détruisons le vivant. Il faudra inventer de nouvelles manières de défendre la vie. Mais il savait que ce combat ne serait pas le sien, celui des générations à venir sans doute. Il avait été un passeur de vie, finalement, comme Brahim et Hourya, et ses enfants après lui. Une lignée vivante, de vivants, ce n'était pas mal après tout. Étrangement réconforté, il regarda sa montre. Meriem tardait. Il hésita à l'appeler, puis renonça. Elle devait danser, abandonnée, oubliant l'espace d'une soirée le fardeau écrasant de ses patients. Il se réveilla en sursaut. Il était trois heures du matin. Il avait somnolé. Inquiet, il finit par composer son numéro. La sonnerie résonna dans le vide. Il laissa un message et se mit au lit. Il se réveilla au petit matin. Meriem ne l'avait pas rejoint. Il consulta son téléphone et y trouva un mot laconique. La soirée avait pris fin trop tard et Meriem n'avait pas souhaité le réveiller. Elle passait donc la nuit chez elle. Une longue journée l'attendait. Durant le séjour de Samia, il avait reporté deux interventions importantes. Il se doucha, Safia lui apporta son café et il prit le chemin de l'hôpital. La journée s'écoula rapidement, entre le staff du matin, sa première intervention, le déjeuner avec un professeur britannique invité et qui collaborait à l'ablation d'une tumeur l'après-midi, proposant l'expérimentation d'une technique nouvelle. Il rentra chez lui exsangue à plus de vingt heures. Meriem et lui s'étaient brièvement croisés dans la journée. Elle avait décliné sa proposition de le retrouver chez lui. Avec un soupir, il se doucha et se changea avant de la rejoindre. Il aspirait à rester là, sans bouger. Il lui semblait que la présence de Samia continuait de flotter dans la maison. Mais il rejoignit Meriem comme il le lui avait promis.

Elle lui ouvrit la porte et il la prit dans ses bras. Une odeur savoureuse envahissait l'appartement, elle avait fait à dîner, et la table était dressée dans le petit séjour. Elle semblait épuisée, tendue. Elle avait préparé un festin, les plats qu'il aimait, mais son regard était plein de colère. Il mangea face à elle, tranquillement, il savait qu'elle lui en voulait de ne pas lui avoir présenté Samia. Il replia sa serviette et posa les coudes sur la table : "Meriem, je sais que tu es blessée, mais je n'ai pas pu te demander de déjeuner avec nous. Je n'ai eu que trois jours avec ma fille, trois jours pour tenter de réparer ce que j'ai abîmé." Elle ne répondit pas, le front buté, les yeux brillants. Il reprit patiemment : "Comprends-moi mon amour. Samia est ma fille aînée, j'ai toujours eu un lien particulier avec elle." il hésita, puis continua : "Elle n'allait pas très bien en arrivant, une histoire de cœur... Je ne pouvais pas te mettre au milieu, comme ça, il aurait fallu qu'elle reste plus longtemps. La prochaine fois, nous le ferons." Il l'avait blessée, il le savait. Il sentait combien elle était jeune encore... Cette attitude de révolte qui la dressait face à lui : elle exigeait tout, ne demandait rien. Il y avait quelque chose de touchant dans cette impatience qui disait sa vulnérabilité. Il l'aida à débarrasser et à ranger, avant de s'allonger entre les draps à l'odeur de lavande. Elle le rejoignit et il la serra contre lui, caressant sa chevelure de jeune déesse grecque. Ils s'endormirent ainsi, sans échanger un mot, lentement apaisés par le partage de leur chaleur et rompus de fatigue.

Les jours qui suivirent, il entreprit de réunir les documents nécessaires pour entamer la procédure de divorce exigée par sa femme. Youssef, informé de la demande de Médée, avait hoché la tête avec mélancolie. "Que vas-tu faire, ensuite, épouser Meriem ?"... Ismaïl ne répondit pas immédiatement, mais il revint sur le sujet plus tard avec son ami de toujours : "Je suis tracassé par les enfants, Adam, surtout. Mais Aya et Samia ne sont pas prêtes non plus à me voir épouser qui que ce soit. Il faut que je leur parle, tous les trois savent que leur mère souhaite divorcer, et que la question de Meriem se pose, bien sûr, ma vie avec elle." Youssef le regarda sombrement : "Ta vie avec elle ? Que penses-tu de la sienne avec toi ? Tu veux d'autres enfants ? À ton âge… Je sais que tu ne veux pas entendre ce que je te dis, mais qui, sinon moi, te le dira ?" Ismaïl demeura silencieux. Il savait déjà ce que Youssef soulignait avec maladresse, la venue de Samia avait fait éclater la bulle fragile de la passion, ouvrant le chemin du second temps de cet amour qu'il chérissait comme la vie même.

Dans les replis de ses émotions les plus personnelles rampait la conscience toujours accrue de la jeunesse de Meriem et surtout de ce que cette jeunesse impliquait pour lui. L'exultation du désir, cette vague de joie et de chaleur qui l'inondait tout entier à ses côtés lui apparaissait d'autant plus précieuse qu'elle était menacée. Il était à la fois la digue et la faille, face à un environnement redoutable pour eux deux. Mais autant son âme guerrière se levait face au jugement de ses sœurs, de ses amis, de ses collègues pour défendre cet amour, autant la colère et le chagrin de ses enfants le laissaient vulnérable et désarmé. En abandonnant ainsi leur mère, il avait agi comme il savait le faire, tranchant ce qui n'était plus pour laisser vivre et croître ce qui peut et doit être. Il lui avait semblé aussi que son geste les libérait d'un enlisement dans le mensonge durable qu'une double vie aurait fait peser sur eux tous. Il avait pensé que ses enfants, tous trois adultes, finiraient par comprendre et accepter son geste comme la seule issue possible non seulement pour lui, mais aussi pour

Médée. Il n'était pas étonné de l'indéfectible loyauté d'Adam protégeant sa mère, et s'il souffrait de la distance qui s'était creusée entre eux, il n'ignorait pas que le temps finirait par rétablir au moins en partie ce qui avait été ébranlé. Mais il avait mesuré au cours de ces trois jours combien la nouvelle vie de Médée, tout en le libérant partiellement du poids de la culpabilité, bousculait ses calculs inconscients. Il avait pensé à elle comme il l'avait toujours connue, installée dans leur maison, consacrant son énergie, dans l'atelier sur le toit, à ces créatures qui peuplaient son imaginaire et auxquelles elle donnait une vie dans la matière, mais au fond menant une existence solitaire, sédentaire, organisant une vie de famille stable pour les siens, ses enfants et ses petits-enfants, dans cette maison qui avait été la leur et qui demeurerait le point de ralliement de tous. Il aurait ainsi vécu cette vie nouvelle avec Meriem sans détruire les repères de sa famille, leur ancrage dans cette ville où il avait vécu toute sa vie. Mais l'irruption de Juan dans la vie de Médée, ce choix qu'elle lui avait signifié en ne s'installant pas après son abandon dans leur foyer mais ailleurs, désormais partagée entre la maison qu'elle louait à Tanger, la demeure de Juan en Espagne et son appartement parisien faisait d'elle une nomade, sans pour autant amoindrir son lien vivant avec ses enfants et ses petits-enfants, qui la rejoindraient pour célébrer à ses côtés toutes les joies, les fêtes, les étapes de la vie des uns et des autres. Ses trois enfants vivaient en dehors du Maroc, il n'y avait jamais pensé aussi clairement qu'aujourd'hui, à ce moment précis où le divorce avec leur mère et son refus de faire vivre la maison familiale mettaient dangereusement en péril la certitude que ses enfants et ses petits-enfants resteraient attachés à leur terre non comme à un souvenir d'enfance, mais par un lien vivant, charnel, de même que l'enracinement de Hourya dans l'appartement de la place Pietri avait constitué la pierre de touche de son appartenance à cette ville pourtant rompue par la disparition de Brahim. Sa perception de lui-même se trouvait ainsi dangereusement affectée et l'avenir plus lointain, celui qu'il n'envisageait plus à présent sans appréhension, lui semblait presque vidé des liens charnels qu'il entretenait avec ses enfants et ses petits-enfants. La présence de Médée à ses côtés, le socle stable qu'ils formaient ensemble pour leur famille aurait sans doute favorisé tôt ou tard le retour des uns et des autres, malgré leur accoutumance à la fluidité de la vie en Europe, au confort et à la liberté offerts par des sociétés que la pauvreté atteignait moins durement. Adam enseignait déjà un mois sur quatre à Rabat, dans le cadre d'un échange avec un institut de recherche en sciences sociales, ce qui lui permettait de revenir régulièrement auprès de ses parents avant leur séparation. Il avait depuis loué un studio dans le centre-ville, et son père n'était pas informé de ses séjours. Ismaïl avait choisi de respecter la colère de son fils parce qu'il pensait qu'une fois Adam rassuré sur l'évolution de sa mère, le dialogue redeviendrait possible. Il espérait à présent qu'une fois le divorce prononcé, ses enfants accepteraient plus facilement la présence de Meriem à ses côtés. Mais cette maison pleine des souvenirs et des rires de leur enfance, des fêtes et des premiers chagrins, il ne savait pas comment la faire vivre sans Médée, n'imaginant pas d'y imposer ouvertement la présence de Meriem.

Son épouse l'avait finalement arrimé à ces lieux mêmes qu'il pensait quitter avec panache pour entamer ailleurs sa nouvelle vie tout en garantissant à sa famille une continuité. Toutes ces pensées, qu'il avait contenues jusque-là, l'agitaient douloureusement depuis le départ de Samia. Il ne pouvait s'en ouvrir à Meriem sans la déstabiliser, pensait-il, elle qui venait de consentir un sacrifice dont il mesurait la portée en refusant la possibilité d'un transfert de deux ans au New York Hospital. Et c'était précisément le coût pour elle de ce refus qui requérait de sa part à lui un engagement au moins aussi fort. Il comprenait combien sa colère, en constatant qu'il ne lui demandait pas de se trouver à ses côtés pour accueillir Samia, était légitime, ou du moins justifiée en partie, elle qui n'avait pas exprimé le désir de se trouver projetée en pleine lumière mais l'avait assumé sans défaillance, quand il avait décidé seul d'abandonner Médée dans cet aéroport en même temps qu'il avait prévenu ses enfants, leur enjoignant de retrouver leur mère et de l'accompagner dans les premiers temps de son départ à lui, si définitif. Cette compréhension nouvelle de leur histoire le laissait incertain, comme un homme qui, croyant faire à la femme qu'il aime le cadeau qu'elle attendait, découvre finalement qu'elle ne l'a jamais désiré et que son geste recèle pour elle des contraintes inattendues, en précédant un désir qu'elle n'a pas eu le temps ni le loisir d'éprouver. La décision de rompre avec sa vie d'avant s'était imposée à lui au cours de longues nuits d'insomnie pendant lesquelles il avait examiné jusqu'à l'épuisement les conséquences pour eux tous de l'éclatement qu'imposait ce choix. Il mesurait à présent, non sans amertume, qu'il avait omis d'envisager les mouvements intérieurs que le choc provoqué par son départ ne manquerait pas de produire chez son épouse. Il l'avait figée dans ce qu'il croyait qu'elle était fondamentalement, organisant l'univers des possibles dans ce qu'il savait d'elle au terme d'une expérience de plus de trente ans de vie partagée. Mais cette femme qui reprenait dans ses mains les morceaux épars de sa vie et leur donnait avec une aisance apparente une unité autre, au moins aussi cohérente que celle qu'elle avait construite à ses côtés, il la découvrait si étrangère à ses certitudes qu'il lui semblait ne l'avoir pas connue. Et, échappant aux déterminations qui avaient semblé la caractériser tout entière, elle lui rendait sinon étrangers, du moins inaccessibles, ses propres enfants, tant le maillage des liens tissés avec leur mère était dense et puissant. Comment avait-il pu ignorer ainsi la souple intelligence de sa femme, sa faculté créatrice qui, sollicitée ailleurs que dans l'espace clos de l'atelier aménagé sur le toit de leur demeure, s'était exprimée dans la vie elle-même avec une force qu'il n'avait pas soupçonnée ? Fallait-il à présent reconsidérer toute leur histoire à l'aune de l'étonnante résilience de Médée ? Son aventure avec Meriem lui avait révélé combien la maîtrise qu'il avait mise au centre de sa propre existence, la constance et la détermination étaient de fragiles remparts contre le désir et sa liberté, le surgissement d'une vitalité inconnue qui ne s'était jamais manifestée auparavant, dont il ignorait jusqu'à l'existence. Il avait vécu cette transformation dans sa chair et son esprit, expérimentant la faiblesse de sa volonté face à l'appel qui s'était levé en lui, plus fort que tout ce qu'il avait construit, cru, espéré, vécu. Il regardait avec incrédulité et impuissance cette jeune femme au visage clos sur un mystère, son corps émouvant, les hanches un peu larges, les épaules étroites, les bras ronds et blancs, la chair douce de ses cuisses, et il se heurtait à ce qui en elle le remplissait à ras bord de la sensation de se tenir dans le cœur battant de sa vie. Il avait cru céder la première fois à un désir qui rentrerait dans l'ordre, constatant avec désarroi les limites de sa loyauté d'époux mais certain de préserver sa femme et sa famille, déterminé à arrêter après la première défaillance cet unique accroc à une longue et heureuse vie conjugale. Sans doute ce calcul, quasi immédiat, qui avait suivi la première étreinte avec Meriem, dont il avait alors décidé qu'elle serait la dernière, n'était-il pas très éloigné des remarques pleines d'un bon sens bourgeois dont Youssef ne pouvait s'empêcher de le gratifier depuis l'abandon de Médée.

Il était rentré chez lui tourmenté ce soir-là, convaincu que sa femme lirait, sitôt passé le seuil, la culpabilité sur son visage, comme si son corps et sa face étaient tatoués de manière indélébile. Mais il avait constaté avec soulagement que sa faute était invisible, il ne portait donc aucun stigmate, aucun signe révélant la trahison ? Il avait déposé sur le front de Médée un rapide baiser avant de disparaître dans la salle de bains. Là, devant le miroir, il avait observé cet homme qui mentait à sa femme, il n'y avait pas vraiment de changement dans le visage qui le regardait, les yeux larges, le nez droit, la chevelure abondante parsemée de fils argentés, les deux sillons qui creusaient son front haut, mais il distingua dans son regard une étincelle de joie, comme un feu qui se serait levé au loin, et dont les flammes envoyaient des reflets sur sa peau, un embrasement intérieur qui avait laissé une lumière perceptible pour lui seul. Il se lava longuement, éprouvant la vitalité de son corps d'ancien athlète, il avait été capitaine d'une équipe de football en deuxième division, dans une existence antérieure. En sortant, il trouva Médée dans leur chambre, elle l'attendait, et il sentit son assurance voler en éclats. Elle avait compris au premier regard, il se prépara à la bataille, mais elle lui annonça qu'elle souhaitait rejoindre Adam à Paris pour quelques jours, il donnait une série de conférences, elle voulait l'écouter ; il y avait aussi la nécessité d'organiser une exposition de ses œuvres les plus récentes, elle avait été sollicitée par un galeriste de renom, une sorte d'antichambre pour le palais de Tokyo, lui avait-on précisé. Il avait immédiatement acquiescé, enthousiaste, et elle l'avait regardé avec tendresse. Elle partit trois jours plus tard pour une semaine.

Ce fut durant cette absence que Meriem et lui se retrouvèrent un soir sur le parking de l'hôpital. D'un commun accord, sans un mot échangé, il la suivit chez elle, découvrant son appartement d'étudiante attardée, le canapé recouvert d'une cotonnade, les coussins colorés épars, la table basse sur laquelle s'amoncelaient les revues médicales et les livres, les tentures brodées, vestiges de la splendeur ancienne des maisons de Salé, et la petite chambre où ils tombèrent sur le grand lit. Au cours de cette semaine, il la rejoignit tous les soirs, veillant à rentrer chez lui suffisamment tôt pour ne pas éveiller les soupçons de Safia, dont les attentions sourcilleuses étaient censées atténuer les effets de l'absence de son épouse. Il était comme un homme pris dans une course folle, mais qui croit sincèrement que l'ivresse de la vitesse ne le possède pas et qu'il est en son pouvoir à chaque instant de se ranger sur le bas-côté de la route. Ce fut avec une sorte de stupeur qu'il se prépara, la semaine écoulée, à aller à la rencontre de sa femme, l'accueillant à l'entrée de l'aéroport pour la ramener chez eux. Et comme chaque fois qu'il la retrouvait après une absence, il fut frappé par l'étonnante beauté de Médée, dont elle ne semblait pas consciente mais qui la soustrayait à la foule des passagers s'engouffrant dans le couloir d'arrivée. Il la regardait avancer, son amour de toujours, lumineuse et atemporelle, et un élan de tendresse le submergea, il la débarrassa de son bagage et ils sortirent de l'aéroport enlacés. Sur le trajet du retour chez eux, elle lui raconta les conférences d'Adam, émue, partageant avec lui les travaux de leur fils, et il se sentit plein de gratitude, une famille bénie, son épouse loyale, talentueuse et leurs trois merveilleux enfants, leurs premiers petits-enfants. Il fallait les protéger tous de cette histoire sans avenir, une pure folie, se promit-il, qui cesserait le lendemain, Meriem comprendrait.

Et elle comprit en effet, sans l'ombre d'un doute, abandonnant ce début d'idylle sitôt évoquée la possible souffrance des siens, "n'en parlons plus, répondit-elle, c'est déjà oublié". Il avait respiré, soulagé, et en même temps vaguement déçu. Il s'était attendu à une résistance, un désarroi exprimé, aussi la sérénité de Meriem remit-elle en question ce qu'avaient représenté ces moments d'abandon au cours desquels il lui avait semblé qu'un lien particulier naissait entre eux. Elle lui avait répondu avec une sérénité presque contrariante si bien que de retour chez lui, et bien qu'indéniablement libéré, il repensa à la manière dont, après une intervention menée ensemble, quatre heures passées au bloc opératoire dans une intuition aiguë des gestes et des pensées de l'autre, ils s'étaient retrouvés dans la salle réservée aux médecins. Elle avait ôté sa blouse, ses gants et son masque avec une promptitude remarquable, plaisantant avec son collègue, il l'avait observée du coin de l'œil en dépit de sa détermination à l'ignorer pendant un certain temps, au cours duquel il pourrait mettre à distance les souvenirs encombrants de leur intimité, et avait été témoin de la manière dont, devant le petit miroir accroché au-dessus du lavabo, elle avait fait gonfler sa chevelure avant de se tourner vers le jeune médecin qui visiblement l'attendait. Il les avait regardés s'éloigner ensemble, plaisantant joyeusement, et il avait constaté qu'il éprouvait une frustration d'autant plus incompréhensible qu'il lui était sincèrement reconnaissant d'avoir rendu leur rupture si simple et légère. C'est ainsi que lors du dîner qui avait le soir même réuni autour de leur table deux couples amis, il s'était surpris à repenser à Meriem, et particulièrement à la nécessité de lui envoyer un petit message de remerciement, signalant qu'il appréciait son attitude si compréhensive mais aussi qu'il n'était pas un mufle –, c'est du moins ainsi qu'il justifia à ses propres yeux l'envoi de ce court texte entre le plat principal et la tarte aux framboises que Médée déposa sur la table, prélude à la fin d'un dîner si savoureux et léger qu'il avait suscité chez les convives une euphorie contribuant à prolonger les échanges animés au-delà de minuit. Il soupira de soulagement lorsqu'ils se levèrent enfin, s'exclamant sur l'heure tardive, "une soirée délicieuse, vraiment, on n'a pas vu le temps passer", l'esprit occupé à présent par l'absence de réponse à son message, et il consulta sitôt la porte d'entrée refermée son smartphone, dans l'espoir confus d'un signe de la jeune femme indiquant qu'elle avait apprécié l'attention qu'il lui portait bien que leur lien fût rompu. Mais elle n'avait pas répondu, soit qu'elle n'eût pas pris connaissance de son bref envoi, soit que, l'ayant lu, elle eût jugé inutile de s'adresser de nouveau à lui. Il y pensait toujours, allongé aux côtés de son épouse, et dans ses pensées naissait une interrogation vite réprimée, mais pas tout à fait disparue : Meriem avait-elle passé la soirée avec ce jeune médecin, doué lui aussi, et à peine plus âgé qu'elle ?

Il arriva très tôt le lendemain à l'hôpital, et il la trouva déjà installée dans la salle où les médecins prenaient leur café et se reposaient entre deux visites auprès de leurs malades ou après une intervention chirurgicale. Elle était plongée dans un dossier, et son jeune visage s'éclaira en le voyant, mais après un signe de tête elle sembla absorbée aussitôt par la lecture des feuillets disposés devant elle. "Une complication ?" demanda-t-il, brisant le silence. Elle le regarda avec surprise : "Non, tout va bien", et finissant de feuilleter le mince fichier, elle ramassa les pages d'un geste précis et se leva avant de quitter la pièce en lui adressant un salut cordial de la main. Il avait une matinée chargée, mais son humeur ne changea pas d'un pouce malgré l'atmosphère détendue du staff et les inévitables plaisanteries des médecins. Il lui semblait qu'une ombre persistante obscurcissait sa journée et, refusant de s'immerger dans des sentiments qu'il savait contradictoires, il exigea de tous une rigueur forcenée, malmenant ses internes sans pitié. De retour chez lui, il trouva Médée absorbée dans son atelier, elle exposait à Paris en mars, et le temps lui était compté pour achever les œuvres qu'il faudrait ensuite expédier. Mais elle s'interrompit et ils décidèrent de passer la soirée au cinéma. Une fois la séance terminée, elle lui proposa de dîner dans leur restaurant chinois favori, et il accepta. Il passa ainsi une soirée joyeuse, et enlaça sa femme avec gratitude en rentrant chez eux, conscient de la douceur du lien qui les unissait. Durant quelques semaines, il retrouva sa vie, et la sensation de perte qui avait accompagné sa rupture avec Meriem s'effaça complètement. Il n'aurait pu expliquer pourquoi en fin d'après-midi, un jour de décembre, alors qu'ils avaient terminé d'extraire du crâne d'un patient une tumeur naissante, ils avaient arraché leurs blouses et leurs gants, pris d'une urgence soudaine, et sans un mot, s'étaient retrouvés sur le seuil de l'appartement de Meriem, collés l'un à l'autre et incapables de renoncer à ce qui arriva. Ce fut le tournant de leur histoire, du moins se le formula-t-il ainsi bien plus tard, quand il tenta de comprendre ce qui lui était arrivé, tout en étant conscient que l'établissement d'une chronologie de leur liaison, si précise fût-elle, ne pouvait rendre compte du désir irrésistible qui, à partir de ce jour, détruisit complètement son ancienne vie.

Il entra dans le noyau dur de cette passion impossible à contrôler, qui abolit en quelques mois des décennies d'amour loyal. La culpabilité qui accompagna ce processus de désagrégation de ce qui le liait à son épouse le submergeait, au point que certaines nuits il lui semblait qu'un étau enfermait ses poumons, et il se réveillait en sursaut, cherchant la main apaisante de Médée sur son front. Elle le rassurait de sa voix calme et il plongeait comme un futur noyé dans un sommeil plein d'embûches. Aux brefs moments d'accalmie succédaient de terribles tempêtes intérieures, il se prit à craindre une défection de Meriem, dont les élans passionnés étaient entrecoupés de périodes d'inquiétante neutralité à son égard, du moins le percevait-il ainsi, comme si la fusion dont il faisait l'expérience charnelle avec elle – et cette fusion était partagée, il en était certain – ne suffisait pas à abolir la secrète réserve qui imprégnait toute l'attitude de la jeune femme, sans doute soucieuse de maintenir une distance qui la protégeait de son autre vie, celle qu'il menait dans la maison familiale auprès de son épouse, mais aussi cette existence à l'hôpital, bien plus dangereuse pour elle, parce que leur liaison pouvait discréditer tout son engagement pour édifier une réussite fondée sur l'excellence. Sans doute ce qu'il interprétait comme un léger retrait de Meriem contribua à la mise en place rigoureuse et irréversible de l'abandon de sa femme dans cet aéroport au cours d'un voyage commencé ensemble, et la nécessité de cette décision vint s'imposer comme l'unique façon de mettre fin à toute une série de déchirements, d'appréhensions et d'anticipations négatives qui affectaient gravement son existence et mettaient en péril cet amour de maturité qu'il découvrait avec Meriem et qui le bouleversait avec une constance contre laquelle il renonça à batailler.

À ce moment précis où le divorce devint pour lui une réalité, les souvenirs de sa vie avec Médée affluèrent, mais la présence de Meriem dissolvait toute tentation d'épanchement, elle le rendait à la nécessité de sa libération complète, afin de pouvoir installer cette femme au centre de sa vie de façon définitive. Il lui apparaissait à présent avec clarté – c'est ainsi qu'il se le formulait à ce moment-là, comme un enfant qui aurait trouvé la solution à un problème qui semblait insoluble – que le mariage avec Meriem résoudrait d'un coup la situation confuse dans laquelle il se trouvait face à ses enfants. Youssef l'appela au cours de l'après-midi pour lui annoncer que les documents administratifs nécessaires à la rupture officialisée avec sa femme seraient en sa possession dès le lendemain. Le soir même, Meriem et lui dînèrent dans un petit restaurant situé à deux pas de chez elle, et il lui annonça son divorce prochain. Elle ne fit aucune remarque. Il précisa dans un souci d'intégrité qu'évidemment il y pensait, mais confessa son soulagement que la demande vînt de Médée. "C'est plus simple vis-à-vis des enfants, tu comprends…"

Elle comprenait, bien sûr, elle le confirma en hochant la tête, mais ses prunelles sous les paupières bombées s'embuèrent et cette émotion manifeste le gagna à son tour. Elle ne disait rien, son silence contrastait avec l'atmosphère animée du bistrot, et ce n'est qu'à la fin du repas qu'elle exprima son désarroi : “Je n’ai pas voulu tout ça.” Il l’entendit alors comme une conséquence de son empathie face à la destruction de son autre vie, celle qui avait si longtemps compté pour lui, et peut-être l’aveu d’une culpabilité plus subtile. Ce n’est que plus tard qu’il comprit que ce qu’elle tentait de lui dire alors, c’était que pour elle, au départ, cette histoire n’avait pas existé comme pour lui, qu’elle n’avait pas imaginé ou désiré, à aucun moment, ce qui arrivait, et peut-être ce qu’elle ne se formulait pas encore, que cet amour pesant comme un manteau de reine sur ses épaules l’enfermait, elle le sentait, restreignant l’univers des possibles. Parfois, elle le regardait, et il y avait dans ses yeux comme une incrédulité, cet homme qui avait déjà tout construit ailleurs, sa famille, sa carrière, serait pour elle l’horizon ultime ? Elle imaginait sa vie sans lui, oscillant entre le vertige de la perte et la libération. Souvent, tandis qu’elle visitait les malades ou se heurtait aux regards entendus de certains de ses confrères, elle éprouvait la hantise d’un enfermement, tant leur histoire, qui avait défrayé la chronique à l’hôpital au moment où les collègues d’Ismaïl avaient appris, Dieu sait comment, que son épouse ne reviendrait plus, était devenue le dénominateur commun pour la caractériser elle, Meriem, dont toute l’existence de jeune adulte avait été tendue vers le désir d’exceller dans son métier et de vivre *indépendante et forte*, ça avait été les derniers mots de sa mère au moment de mourir. Elle avait été bercée par les slogans du féminisme militant dont sa mère, journaliste, avait endossé les combats. Elle avait raconté à Ismaïl ses premières expériences à l’âge de six ans, ces réunions au cours desquelles des femmes, membres de partis politiques de gauche, faisaient l'amère expérience des réticences conscientes et inconscientes de leurs compagnons de lutte pour installer la question des droits des femmes au centre de leurs revendications, assurant ces dernières que lorsque l'objectif plus général de progrès social verrait le jour, leurs droits seraient reconnus tout naturellement. Sa mère avait entamé une prise de conscience assez douloureuse de la phallocratie indissociable de l'organisation des courants politiques, et elle avait au cours de son adolescence assisté à l'émergence des mouvements féministes autonomes dont sa mère et ses tantes étaient de ferventes animatrices. Elle décrivait son père comme un homme doux et discret, un militant socialiste convaincu qui encourageait et accompagnait son épouse dans ses batailles pour l'émancipation féminine. Il y avait chez Meriem – et sans doute la fascination d'Ismaïl pour la jeune femme s'enracinait-elle dans la certitude que sa liberté intérieure la soustrayait à toute forme de possession définitive, fût-ce au nom de l'amour – une revendication profonde d'indépendance, une conscience radicale d'égalité que ni ses sœurs ni son épouse n'avaient manifestées avec une telle force. Ces dernières conservaient, sans doute dans une forme inconsciente, le souci de ne pas bousculer définitivement les places respectives des uns et des autres, une intelligence subtile de la négociation des prérogatives réciproques qui maintenaient en apparence l'ordre traditionnel, leur permettant aussi de bénéficier de la protection relative qu'il impliquait pour elles. Et pourtant, il en faisait l'expérience rétrospective, son épouse avait construit une œuvre dont la liberté et l'universalité avaient résonné par-delà les frontières et les assignations identitaires. Il s'apercevait que seule sa cécité partielle lui avait permis de manquer de perspicacité face à la consolidation méthodique et patiente par Médée d'un territoire où sa liberté d'être et de créer l'affranchissait de tous les liens qu'elle avait tissés pour faire vivre leur foyer.

La comparution quelques semaines plus tard devant le tribunal des affaires familiales ne fut pas aisée pour Ismaïl. Il y retrouva Médée, qu'il revoyait pour la première fois depuis son abandon. Elle arriva seule et, une fois de plus, il ressentit comme un choc la beauté familière et distante de celle qui venait mettre un terme à leur longue union. Elle était plus mince que dans son souvenir, légèrement hâlée, la démarche souple, vêtue sobrement d'un pantalon kaki et d'une blouse ivoire, à son poignet droit un jonc en or qu'il ne connaissait pas. Elle le salua courtoisement, comme un étranger croisé ailleurs et qu'on reconnaît avec surprise dans un endroit où sa présence se révèle inattendue. Cette froideur l'atteignit curieusement, comme s'il avait espéré un signe de reconnaissance, une proximité entre eux que sa trahison n'aurait pas altérée. Il s'assit aussi rapidement qu'il s'était levé en la voyant arriver. Elle resta debout, appuyée contre le mur blanc, silencieuse au milieu de la foule des familles qui attendaient dans le corridor où étaient disposés des bancs. La lumière de ce matin de printemps déversée par les fenêtres hautes charriait une poussière d'or, il faisait presque tiède, une douceur incongrue flottait dans ce lieu austère où s'organisaient les drames familiaux. Ils attendirent ensemble que la porte qui les séparait du bureau du juge s'ouvrît pour les accueillir. Ismaïl ne pouvait s'empêcher de l'observer fugitivement, comme un enfant, craignant de croiser son regard. Mais elle semblait ailleurs, ses prunelles violettes errant sur les couples assis côte à côte ou au contraire distants, attendant comme eux le moment de la comparution qui rendrait effective, ou pas, le désir de séparation d'au moins l'un d'entre eux. À ce moment précis, en la retrouvant ainsi, étrangère certes, mais manifestement atteinte – comment interpréter autrement cette distance qu'elle maintenait sans aucune défaillance entre eux ? –, il comprit qu'elle ne lui pardonnerait pas la dislocation brutale de toute une vie, sans concertation, sans tentative de réparation aucune. Mais plus profondément, il ressentit sa crainte instinctive de le voir approcher, le passé tout entier avait été aboli par la violence de cet abandon. Cendres, il n'y avait plus que les cendres de leur vie partagée, brûlée au bûcher de ce désir dont il entrevoyait la fin. Il aurait voulu lui parler à voix basse, lui raconter sa solitude sans elle, la peine que lui causait l'éloignement d'Adam, les bonheurs qu'elle lui avait donnés, combien il chérissait ce passé perdu, le sourire de Hourya quand elle l'avait rencontrée la première fois, accueillant dans son cœur la beauté réservée de cette jeune fille que son fils aimait si manifestement, la naissance de chacun de leurs trois enfants, l'évidence pleine de leur vie ensemble, si différente de ce qu'il expérimentait avec Meriem, et qui tendait douloureusement son cœur depuis qu'il avait aperçu sur la table basse le dossier aux angles bleus. Elle aurait compris et bercé sa crainte nouvelle d'être un jour trop vieux pour la jeune femme dont dépendait aujourd'hui le sentiment poignant qu'il avait de vivre.

Mais la femme qu'il avait devant lui était une survivante, elle avait, pour ne pas mourir de la blessure qu'il lui avait infligée, coupé d'un geste définitif tous les fils qui la reliaient au passé. Il regardait cette ravaudeuse qui faisait de la pierre le lieu de la patiente restauration de ce qui n'est plus, et que sa brutalité avait transformée en une femme qui tranchait à son tour ce qui ne pouvait plus être. Ils entrèrent dans le bureau du juge qui leur fixa un délai de deux mois – deux mois de réflexion, précisa-t-il, avant que le divorce ne devienne effectif. En sortant du tribunal, il fit un geste pour saluer sa femme, elle recula comme Adam l'avait fait dans cette rue à Paris. Il était pour eux, et comment pouvait-il en être autrement, l'homme du plus grand danger.

Notre comprimante splendeur

Il avait vécu, au moment de la disparition de son père, le rétrécissement de la ville autour de sa famille comme une fatalité liée à la douleur de la perte mais aussi à un sentiment d'insécurité qui réduisit le périmètre de leurs sorties pendant un certain temps. Il ne passait plus devant les murailles qui longeaient les abords du palais royal sans que surgisse en lui une colère qui ne s'exprimait pas, vaincue par la crainte de ce pouvoir obscur qui avait la puissance d'écraser leur vie comme un fétu de paille. La vulnérabilité de sa mère était tout entière, dans son cœur d'enfant, le résultat d'une décision dont les motivations étaient inconnues et le demeurèrent pour eux tous de considérer Brahim comme un homme dangereux, suffisamment pour l'enlever sans ménagement à sa famille et le reléguer dans un pénitencier où l'attendait la mort. Son enfance fut marquée par cette sensation qu'il existait en dessous de la ville harmonieuse et sereine une autre ville, déployée sous leurs pieds comme une goule, qui avalait les hommes et les anéantissait. Il regardait avec Hourya les actualités, elle disait le "téléjournal", et haïssait de tout son cœur le petit homme sophistiqué et puissant qui apostrophait les jeunes gens enrôlés sous les drapeaux déployés, claquant au vent, partis pour une longue marche dans le désert au son d'une fanfare lancinante. C'était lui qui avait creusé sous les yeux de Hourya les cernes bleus qui inquiétaient son fils, et il serrait ses poings de jeune garçon, rêvant à son pouvoir à venir, immense, qui lui permettrait d'en découdre avec ceux qui avaient organisé la disparition de son père. Cette sensation d'extrême faiblesse autant que d'impuissance avait progressivement disparu à mesure que les études qu'il avait entreprises, la pratique de la médecine, le pouvoir de soigner et la maîtrise progressive des gestes liés à la chirurgie l'installaient dans la conscience de sa force. Il était devenu un jeune homme solaire, méthodique et généreux qui avait conquis Médée et découvert avec elle une vie qu'il n'avait pas imaginée dans l'appartement de la place Pietri. Chaque étape de leur mariage avait relégué plus loin la réalité de l'esseulement des siens après la disparition de Brahim. Médée avait édifié un rempart contre sa solitude d'enfant, ils avaient construit ensemble leur famille et leur maison comme un ancrage pour les siens. En sortant du tribunal, il emprunta la route qui longeait le fleuve, un sentiment de panique dans les reins. Il flottait de nouveau, la ville était hostile. Meriem était trop jeune, cette pensée le traversa avec une netteté effrayante. Tout était trop tard pour eux deux. Il bifurqua pour emprunter la voie qui menait au cimetière. Mais rebroussa chemin. Hourya avait aimé Médée, elle adorait les agapes familiales que sa femme organisait régulièrement, réunissant sa belle-mère et ses belles-sœurs, mais aussi Lilia et Sadreddine, et parfois Naïm et Faïza venus de Tanger. Elle recevait la tendresse de ses petits-enfants comme un couronnement, reconnaissante à sa belle-fille de ne pas partager leur blessure, de venir d'un autre monde, protégé ; Médée n'avait pas connu la violence qui secouait toujours Hourya au long de ses nuits solitaires, et avait transformé sa vie en une longue épreuve de résistance. Il était revenu au point de départ, pire, le mouvement de recul de sa femme, la neutralité de son attitude au tribunal, un bouclier contre lui, le confrontaient à la violence inconcevable qui avait été la sienne, semblable à celle qui l'avait dépossédé, enfant, de la terre ferme sous ses pieds. En quoi était-il différent de leur bourreau ? Il avait consenti à immoler les siens à l'exultation de son désir, dans la croyance folle – il le découvrait avec stupeur, comme si le sortilège était rompu d'un coup – que ce sacrifice le ferait vivre toujours. Il se dirigea vers l'hôpital, et enfilant sa blouse avant une visite aux malades, retrouva un peu de calme. Mais à la fin de la tournée des patients, il se sentit faible, comme vidé de sa substance. Il lui avait semblé que leurs regards pleins de respect et de reconnaissance s'adressaient à un autre que lui, il avait eu la tentation de regarder par-dessus son épaule pour vérifier qu'il n'y avait pas, dans ces chambres où gisaient ceux qui avaient un jour cru à leur force de vivre, un autre médecin, plus digne de leur estime. Il retrouva Meriem, habité de la certitude de son indignité, et combattit toute la soirée la tentation de s'épancher.

Est-ce à ce moment précis que leur lien jusque-là vivant commença à se fissurer, parce qu'il devint conscient que l'amour de la jeune femme ne survivrait pas à la réalité de sa décomposition intérieure et le condamnait de ce fait à porter toujours le masque de la certitude et de l'infaillibilité ? Qu'aurait-il pu lui offrir, sinon l'illusion de sa force et de son expérience, lui qui devait lutter à présent contre la houle déchaînée de son passé, une marée irrésistible qui le poussait inlassablement vers un rivage où il refusait d'aborder, détournant le regard, luttant contre le courant de la vie même, en un effort titanesque pour combattre le flux du temps ? C'est ainsi qu'au moment où il lui fallut affronter la perte définitive de sa famille – il avait compris au tribunal qu'il était illusoire d'imaginer le pardon de sa femme, comme si la présence de Juan dans sa vie, en atténuant les conséquences de son geste, pouvait susciter l'indulgence qui aurait allégé son fardeau, et lui aurait permis d'entrevoir une forme de rédemption, il mesura combien son histoire avec Meriem était fragile. Sitôt cette évidence formulée, elle déroula ses tentacules et enserra jusqu'à l'étouffement la réalité de ce désir qu'il avait vécu comme une renaissance. Youssef ne lui fut pas d'un grand secours, lui qui avait dès le début prédit avec une lucidité dont il ne tirait aucun orgueil la faillite de cette histoire. Il avança donc seul en tâtonnant, limitant ses propos à ceux qui ne signaleraient pas à Meriem la conscience nouvelle qu'il avait de leur précarité. Ce fut une épreuve, toute sa lucidité désormais éveillée le renvoyait sans cesse à d'infimes détails, qui tous disaient combien ce qui les séparait, les quelque vingt-cinq années qui jusque-là n'avaient pas compté pour lui, envahissait sa perception. La vivacité de Meriem, son énergie nerveuse ne lui apparurent plus comme l'expression d'un tempérament mais comme la réalité de la jeunesse, son rire éclatant, qui sonnait comme une volée de cloches, était le résultat de la foi naïve en un avenir ouvert, son ardeur sensuelle l'atteignait comme un avertissement. Il s'observa avec une attention maniaque, surveillant son poids, guettant les signes de son propre déclin. Mais rien ne vint, il continuait de marcher d'un pas élastique, les années d'une vie harmonieuse aux côtés de Médée portaient leurs fruits, il se sentait fort comme un homme jeune, tout en éprouvant qu'il ne l'était plus. Ce qui changea, ce fut la conscience nouvelle qu'il eut du temps, une sorte de vigilance exacerbée qui le rendait sensible à tous les instants partagés, à toutes les joies qu'il savourait avec le sentiment de sa propre finitude. Le paradoxe qui affecta Ismaïl, au fond assez commun, mais qui l'atteignit plus qu'il ne s'y serait attendu, ce fut qu'au moment même où il recouvrait une liberté désirée, il découvrait qu'elle ne permettrait rien de ce qu'il avait imaginé. Cette impossibilité n'était pas le résultat d'un amour moins intense, ou moins partagé, entre Meriem et lui. La tendresse qu'elle lui manifestait ne diminuait pas, mais il enregistrait, dans un état de vigilance exacerbée, presque à son corps défendant, tout ce qui les séparait. Un soir, ils dînèrent avec Youssef. Il fut frappé de la quantité de sujets qu'ils s'interdirent tacitement d'aborder, ce qui rendit la soirée pesante, parce que semée d'embûches. Ils parlèrent de musique, mais leurs idoles, Barry White, Santana ou Supertramp qu'ils avaient écoutés de manière obsessionnelle pendant leur adolescence, n'étaient pas celles de Meriem. Il regarda son vieil ami avec les yeux de la jeune femme, l'humour de Youssef qui faisait tant rire Médée ne tira pas un sourire à Meriem, il remarqua combien il négligeait son apparence, son petit ventre de bon vivant, son polo vert amande, sa veste aux revers un peu élimés ; son esprit caustique, allié à une immense culture historique et littéraire, en faisait un homme attachant, Médée raffolait de ces dîners où leurs esprits s'ébattaient dans une joyeuse liberté, au gré de leur fantaisie, dans les vastes espaces de la littérature médiévale arabe, la poésie persane ou les romans français du XIXe siècle. Youssef adorait Médée, parfois il la conduisait le samedi lorsqu'elle avait besoin d'un bloc de marbre, ou quand il lui fallait acheter des stocks de laine de verre ou de cordes. Son épouse Hayat avait refusé de l'accompagner pour ce premier dîner avec Meriem, farouchement loyale, “je ne suis pas prête” avait-elle objecté à son mari qui aurait préféré, lui aussi, esquiver l'invitation d'Ismaïl. Mais leur fraternité était si ancienne qu'il se rendit au rendez-vous dans leur trattoria habituelle, traînant les pieds, en sortant du laboratoire public d'études et d'essais qu'il dirigeait depuis plus de dix ans.

Meriem avait souri spontanément au petit homme presque chauve, mais très vite, elle s'était retirée de la conversation, tant les sujets qui occupaient Youssef étaient éloignés des siens. Celui-ci s'en aperçut et entreprit de lui raconter des anecdotes de leur adolescence, évoqua Hourya et leur périple à Fès au cours duquel Ismaïl s'était perdu dans la médina, l'affolement de sa mère et comment ils l'avaient retrouvé dans la zaouïa qadiriya, face à Moulay Idriss, fasciné par la transe des adeptes de

Moulay Abdelkader. Elle l'écoutait comme on supporte enfant un ami de la famille un peu encombrant, imposé par les parents, dans l'attente que la fin du repas signale le retour aux jeux qui nous occupent tout entier. Ismaïl eut de la compassion pour son ami qui manifestement peinait à trouver des sujets susceptibles d'éveiller sinon l'enthousiasme de Meriem, du moins son intérêt. Ce dîner fut un échec pour Ismaïl, non pas tant parce que Youssef et Meriem n'avaient à aucun moment baissé la garde, mais en raison de la découverte de l'entêtement qui caractérisait l'attitude de Meriem lorsqu'elle prenait la décision de se fermer, obstination qu'il avait déjà remarquée à l'hôpital mais qui dans un contexte différent apparaissait bien plus difficile à accepter. Youssef avait observé attentivement la jeune femme, distinguant dans son retrait la part de timidité de l'orgueil qui se manifestait ainsi, le refus conscient et organisé d'une comparaison avec Médée. Il s'en ouvrit ensuite à Ismaïl, lui faisant remarquer avec finesse la difficulté pour Meriem de succéder à cette femme que tous aimaient depuis de longues années.

C'est ainsi que la présence fantomatique de Médée s'installa progressivement dans la vie quotidienne du couple, avec d'autant plus de liberté que l'annonce du divorce d'Ismaïl avait depuis plusieurs semaines franchi les frontières ténues de l'intimité familiale. Il apprit que ses sœurs s'étaient rendues à Tanger pour y passer quelques jours de vacances, et qu'elles y avaient rendu visite à leur belle-sœur, "rayonnante" précisa Najat sans penser à mal, qui raconta à son frère que la maison de Médée était “absolument exquise”, qu’elles avaient eu le plaisir d’y trouver Adam en visite pour quelques jours avec sa fiancée, mais aussi l’époux d’Aya qui écrivait un livre sur les Espagnols de Tanger, ainsi que Juan dont elles avaient fait la connaissance, et Hind souligna combien elle était heureuse pour Médée, cet homme dans sa vie, attentionné, si manifestement amoureux, veillant sur elle, et qui admirait son art avec un enthousiasme contagieux. Ismaïl luttait contre l’incompréhensible colère qui montait en lui. Il se retint d’interrompre ses sœurs. Volubiles, convaincues d’alléger le fardeau moral de leur frère, elles s’attardaient sur la description des lieux, dévoilant les pérégrinations de sa femme pour les mois à venir, une exposition à Paris, puis à Tokyo en plus de celle dont Samia l’avait informé, à Londres. Il se sentit misérable, et paradoxalement abandonné de tous, lui qui vivait seul dans cette maison à Rabat, gardien des ombres d’un passé qu’il n’avait pas su honorer, dépendant de l’amour d’une ombrageuse jeune femme qui ne tarderait pas à découvrir combien sa réalité était éloignée aujourd’hui de celle du mandarin charismatique dont elle s’était éprise.

Ismaïl en était déjà là de ses réflexions quand ses sœurs lui offrirent comme un cadeau empoisonné le récit du bonheur de Médée, c’est ainsi du moins que leur pensée naïve élaborait la narration de la vie nouvelle de leur belle-sœur, comme si la déflagration de cet abandon dont la cruauté demeurait opaque, impossible à traverser pour Ismaïl lui-même, avait fini de déchiqueter tout ce qui organisait la chair délicate de Médée, mais aussi ses nerfs, ses muscles, ses organes, sa respiration, et enfin sa pensée et ses gestes. Il fallait toute la candeur de Najat et de Hind, ou peut-être leur refus enfantin de la douleur et de ses conséquences, lié précisément à un entêtement de survie, qui leur avait permis de contourner comme elles le pouvaient la disparition de leur père, de repousser aussi loin que possible, aux frontières les plus reculées de leur psyché, les images de son corps torturé, "ils ne l'ont pas touché, ses camarades l'ont affirmé à maman", racontaient-elles devant le reste de la famille avide de précisions scabreuses, puis plus tard devant leurs belles-familles respectives, leurs relations, "ils ne l'ont pas touché, il a eu de la chance". De la même manière, dans ce récit qu'elles offraient à Ismaïl, Médée apparaissait intacte, une image d'Épinal dans cette maison lumineuse et fleurie accrochée au flanc de la Vieille Montagne, Juan en homme providentiel de substitution – Dieu est grand, avait soupiré Najat avec un soulagement sincère –, ses enfants allaient et venaient dans une chorégraphie réparatrice. Ce sont les histoires que chacun a besoin d'entendre. Et pourquoi ne pas les raconter, ces histoires où la cruauté se pare des oripeaux de la renaissance à soi et au monde, où les mutilés de guerre inventent leur vie sur les décombres fumants de l'ancienne, où les enfants jouent aux vaillants soldats et meurent dans les rires ? Mais Ismaïl, qui avait choisi de mettre les mains dans la chair des autres, réparant avec une minutie maniaque ce qui pouvait l'être, tremblant à chaque intervention à la pensée de léser une partie de leur mémoire, un sens, une aptitude, ne croyait pas à ces histoires. Il avait compris adolescent que ces hommes sortis des geôles où Brahim était mort avaient épargné Hourya, organisant un récit supportable, qui ne la tiendrait pas éveillée chaque nuit, la chair crispée dans le partage imaginaire des sévices endurés par l'homme qu'elle aimait. Il y avait aussi dans leurs regards, leurs gestes, la mémoire de ce qu'il restait d'humain pour eux tous, qui avaient vécu de manière directe ou indirecte l'effraction béante de ces années où la violence du pouvoir s'était exercée sur ceux qui avaient pensé le défier. Brahim était mort parce que vivre signifiait survivre à l'humiliation, à la mémoire de toutes ces techniques d'avilissement par lesquelles ce qui devait plier n'était pas le corps, mais l'esprit, là où s'originent le sentiment de soi et la certitude de sa propre dignité. Et lui, Ismaïl, qu'avait-il cherché à faire toute sa vie, penché sur les crânes de ses patients, sinon à sauver cet esprit dont la mystérieuse organisation dépendait de la matière molle, glissante, complexe où il plongeait une lame pour préserver tout ce qui permettait ce miracle de la présence à soi et aux autres ?

C'est ainsi que ce choix, qui semblait le prolongement vivant de son désir, la vie avec Meriem, le rendit étranger à lui-même, tout au moins ce qu'il croyait en savoir. Il se souvint du rêve de Médée, celui qu'elle lui avait raconté un matin quelques semaines avant son abandon, ce grand chien noir, elle au bord d'un gouffre, et le chien qui se jetait sur elle, provoquant sa chute. Il avait réagi avec froideur, pressé de quitter leur chambre, prétextant une intervention urgente, elles l'étaient toutes, et il était vrai que celle qui l'attendait ce matin-là était particulièrement délicate, comme l'était le regard exigeant de Meriem qui devait l'assister pendant cinq heures. Mais en réalité, il fuyait le récit de ce rêve qui l'informait que sa femme, ignorant pourtant sa liaison avec Meriem, avait perçu le danger qu'il était devenu pour elle, exhumant devant lui les filaments de cette conscience inconsciente de ce qui advenait dans leur vie, sans qu'elle le sût avec la certitude que donne une connaissance explicite de la vérité. Il avait souvent opposé à la vie nocturne de Médée, pleine de rêves qu'elle notait dans des carnets, un mot, une phrase, quelques séquences éparses, le monde tangible des corps souffrants, forcément supérieur puisqu'il y était question de la réparation des autres, vivants, dont la chair déraillait. Cette opposition sourde, sa femme l'avait perçue de longue date, et sans doute acceptée avec une incompréhensible patience, comme le prix à payer pour pouvoir dans la solitude de son atelier exhumer ces créatures qu'elle dotait de pouvoirs incertains, entre remémoration et traces. C'est ainsi que ce qu'il avait considéré comme une cruauté salutaire, ce geste de rupture net, finit par lui apparaître au fur et à mesure que son histoire avec Meriem s'approchait inéluctablement de la fin, comme la conséquence ultime d'une longue cohabitation marquée par une forme cachée de brutalité, celle qui l'avait autorisé les dix dernières années de leur vie à reléguer sa femme à la place qu'elle avait occupée, tolérant son art comme un caprice, au mieux l'expression d'une étrange complexité.

Les derniers mois, la relecture hachée de son passé l'ébranla au point que tenant Meriem dans ses bras, submergé de tendresse, il éprouva pour la première fois la débandade de son corps, comme si la sensibilité nouvelle qui faisait monter à ses yeux des larmes contenues se transformait en faiblesse, anéantissant le désir de posséder la femme qu'il aimait. La sexualité était devenue un prolongement de la sauvagerie qui avait fait de lui cet homme qui provoquait la peur dans les yeux de sa femme, de son fils, de tout ce qu'il avait aimé par-dessus tout. Mais il ne pouvait faire part à Meriem de cette déconcertante vérité, la décroissance de son désir était le signe même de l'intensification de son amour, qui se manifestait par le besoin de l'envelopper d'une douceur infinie. Il savait qu'elle interprétait cette absence momentanée de désir comme une désaffection. Il tenta de désamorcer cette croyance en plaisantant sur la redoutable fragilité des hommes, mais le corps de la femme qu'il aimait et avait offensée sans le vouloir lui opposait son insolente jeunesse et la plénitude d'un désir que n'atteignaient pas les circonvolutions sophistiquées de l'esprit. Lui-même, ébranlé par cette défaillance qu'il attribuait à la transformation de la conscience qu'il avait des autres et de lui-même, et dont il pressentait qu'elle ouvrait une étape nouvelle de sa vie, inconnue et donc inquiétante, mais en même temps pleine de mystérieuses promesses, n'approchait plus la jeune femme qu'avec une anxiété qui achevait de détruire la confiance qu'il avait eue dans leur joie d'être ensemble physiquement.

Cet épisode qui dura quelques semaines, au terme desquelles *tout rentra dans l'ordre* – c'est ainsi qu'il en parla à Youssef qui lui avait suggéré d'attendre pour consulter un spécialiste, “après tout, tu divorces de ta femme, ce n'est pas rien”, lui avait-il rappelé sagement –, laissa en lui une trace persistante, mais surtout renforça la certitude qu'il ne pouvait attendre de Meriem qu'elle comprît les méandres dans lesquels le plongeait la séparation officielle avec Médée. Il reconnaissait à part lui qu'il était responsable de cette situation, après tout il avait tranché leur lien avec une telle détermination que Meriem ne pouvait accepter facilement ses tergiversations *a posteriori*. Mais cette première définition d'un territoire où elle ne pouvait pénétrer, celui de sa vie avec Médée, et par conséquent la géographie intérieure de leur séparation, en enfanta d'autres, en particulier tous ceux où se déployaient ses liens fondamentaux avec ses trois enfants, mais aussi avec ses très jeunes petits-enfants. Il ne se souvint pas de son impatience première de la présenter à Adam, mais aussi à Samia, qui revint à Rabat pour un second séjour tout aussi bref que le premier, au cours duquel elle s'assura que l'implantation de son projet recevrait un accueil favorable auprès des populations concernées mais aussi des autorités administratives. Elle arriva en compagnie d'un brillant ingénieur, dont la mère vivait à Fès mais dont le père, un entrepreneur italien, était retourné dans sa ville natale en Lombardie. Le jeune homme expliqua à Ismaïl l'intérêt de "l'incubateur" qu'ils comptaient installer à Casablanca et qui générerait des projets de développement à travers tout le pays. Samia observait, attentive, les réactions de son père à l'annonce de son installation prochaine à Rabat, d'où elle partirait tous les matins en train pour Casablanca dans un premier temps. Elle lui fit part de son souhait d'héberger pour quelques semaines toute l'équipe du projet dans la maison familiale, en attendant que chacun d'entre eux soit certain de vouloir vivre cette expérience au point de s'installer pour quelques années à Casablanca ou à Rabat. Ismaïl, pris ainsi à partie, s'inclina devant la détermination joyeuse de sa fille, et passa en sa compagnie et celle du jeune Malek deux soirées animées. Leur installation à Rabat était prévue en janvier, soit huit mois plus tard, une éternité pour Ismaïl qui redécouvrait la lenteur d'un temps qui était moins celui de l'urgence que celui de la désagrégation de son ancienne vie, expérimentant la résistance des liens les plus tenaces, ceux qui s'enfantent dans la chair, ou qui s'enracinent dans les partages de l'enfance. Il avait, dans ces moments troublés, trouvé un réconfort certain dans son inaltérable amitié avec Youssef, qui veillait sur lui avec une patience sans limites. Sadreddine avait plusieurs fois fait le va-et-vient entre Rabat et Tanger lorsque Youssef l'avait alerté, lui confiant ses inquiétudes pour Ismaïl. Ils avaient retrouvé leur vieille complicité et son beau-frère lui avait confié qu'il avait vécu une histoire semblable dix ans plus tôt, hésitant à quitter son foyer, sans doute la jeunesse de ses enfants, alors, avait-elle contribué à un renoncement devenu avec les années moins douloureux, d'autant que la femme qu'il avait aimée avait quitté le pays. Il avoua à Ismaïl que Lilia n'en savait rien, mais que leur mariage avait tenu par miracle, tant le sentiment sincère qui au départ les avait liés avait souffert de leurs aspirations très différentes. Ce n'était pas le cas d'Ismaïl, qui s'empressa de le préciser, et Sadreddine sourit : "Lilia est mondaine comme sa mère. Médée est tout l'opposé, et je t'ai souvent envié." Ismaïl ne trouvait aucun réconfort dans la reconnaissance des qualités de Médée. Bien au contraire, l'unanimité des regrets exprimés par tous devant la dislocation de leur couple le renvoyait à sa propre violence, cette exigence intérieure de sincérité, le mythe d'une parfaite adéquation entre les sentiments et les actes.

C'est au nom de cette honnêteté qu'il avait expliqué à Meriem pour la deuxième fois que sa présence à la maison pendant le bref séjour de Samia serait prématurée, et qu'il valait mieux attendre que le divorce fût prononcé. La jeune femme était demeurée silencieuse. Une fois de plus, le souci de vérité d'Ismaïl causait des dommages auxquels il assistait, impuissant, ne sachant comment faire autrement. Il n'avait osé demander à Sadreddine par quel aveuglement volontaire, par quelle distorsion intime il avait continué de vivre aux côtés de Lilia qui n'était pas dupe non plus : la présence de son mari la satisfaisait si peu qu'elle s'agitait dans un tourbillon mondain qui coupait le souffle à Ismaïl et Médée. Il y avait dans la vie de Lilia et Sadreddine quelque chose d'étrangement semblable à ce qui paraissait avoir gouverné le foyer de Naïm et Faïza, et pour la première fois, Ismaïl s'interrogea sur la vie intime, sans doute secrète, de son beau-père, cet homme discret et généreux qui avait soutenu de nombreux artistes et supporté avec une patience infinie les migraines et les caprices mondains de Faïza. Sadreddine pas plus que Naïm ne semblaient malheureux. Et sans doute étaient-ils moins tourmentés que ne l'était Ismaïl aujourd'hui, confronté aux conséquences de son besoin de vérité, qu'il observait à présent avec sévérité comme le résultat d'une impatience juvénile, une incapacité à négocier avec lui-même, coupable chez un homme de son âge. Mais tout en interrogeant son choix, dont il évaluait autrement les conséquences pour eux tous aujourd'hui, il sentait bien que le compromis trouvé par Naïm mais aussi par Sadreddine l'aurait conduit à une sorte de mort intérieure, une négation si profonde de ce qui le rendait heureux à ce moment-là qu'il aurait constitué un renoncement définitif à sa puissance de vivre. Meriem, au cours d'une discussion étrangement dépassionnée, lui fit remarquer que son premier mouvement avait été, à l'aube de leur histoire, quand il avait décidé de quitter Médée, de la présenter immédiatement à ses enfants ; ainsi cette hésitation, les précautions qui semblaient devoir aujourd'hui présider à leur rencontre, Samia, Aya, Adam et elle, n'étaient pas liées à une crainte particulière pour ses enfants, malmenés par le divorce avec leur mère, mais sans doute le résultat de son évolution personnelle, qui le rendait plus circonspect au moment même où tous les obstacles à leur histoire surmontés, il aurait fallu la faire grandir, la transformer en y intégrant ses enfants précisément, d'autant qu'ils étaient adultes, observa-t-elle avec une mélancolique ironie. Il la regardait avancer, obstinée, vers cette évidence que ses mots imposaient doucement, et ne trouvait en lui aucune ressource pour la contredire. Il l'écoutait avec une passivité qui ressemblait à une ancienne fatigue, si lourde que rien ne pouvait la contenir, presque curieux de la voir cheminer ainsi vers la conclusion qui s'imposerait comme une évidence. Au fond, il savait qu'elle disait vrai, l'élan initial était retombé à mesure que son amour allait grandissant, et le résultat de cette évolution paradoxale était là, ils le subissaient ensemble aujourd'hui, il ne trouvait plus la force de se tenir à ses côtés comme il l'aurait dû, d'avancer vers leur avenir avec force, et la déception était d'autant plus aiguë pour elle qu'elle n'avait rien demandé et se trouvait engagée dans cette conjonction flottante où entrait une tardive lucidité en même temps qu'une lassitude qui ne résultait en rien de la décrue de leur amour, mais comment aurait-elle pu l'interpréter autrement ?

Je dis chance comme je le sens / Tu as élevé le sommet / Que devra franchir mon attente

Ismaïl fut incapable de dévier le cours des pensées de Meriem, pas plus qu'il ne réussit à la convaincre que la vie qui s'ouvrait devant eux serait, pour elle, aussi pleine et lumineuse qu'elle l'attendait. Au contraire, la tristesse mêlée de colère de Meriem lui semblait légitime, il savait qu'elle disait vrai, elle serait reléguée dans un premier temps, occupant une place incertaine dans sa vie, à mi-chemin entre le passé et l'avenir, et il faudrait quelques années avant que leur amour n'occupe pour lui la place centrale qu'elle lui avait courageusement dévolue dans sa jeune existence. Il l'écoutait patiemment, et cette patience ne rassurait pas la jeune femme. Elle aurait préféré une colère, une saine dispute ouverte, elle l'aurait souhaité indigné par ses propos ; mais il se contentait de la regarder, les yeux débordant de tendresse, comme on regarde un enfant qui dit vrai, dont on sait qu'il va tomber au prochain obstacle mais aussi qu'il saura se relever, et cette attitude éveillait en Meriem une véritable panique ; alors cette vision, Ismaïl sur le quai d'une gare la regarde à la fenêtre d'un wagon, la chevelure rougeoyante, sa peau blanche constellée de taches de rousseur, déjà partie, le train s'éloigne et il reste seul sur le quai, le cœur plein de celle que la distance éloigne inexorablement, tandis que seule aussi dans le wagon, elle contemple le paysage avant que la porte ne s'ouvre sur l'inconnu. Elle se tut après plusieurs tentatives, et le silence creusa entre eux un mur vibrant de souffrances. Mais chaque soir, dans les bras l'un de l'autre, ils retrouvaient la douceur de leur lien qu'une force maligne semblait dissoudre dès l'aube. Presque un mois s'écoula ainsi, dans une tension crevée par les moments d'amour intense qui tissaient entre eux une union si complète que le souvenir des nuits abolissait la difficulté des jours.

Un matin, le téléphone d'Ismaïl sonna tôt ; il pensa immédiatement à son jeune patient opéré la veille d'une tumeur complexe, et dont l'intervention avait si heureusement réussi que son équipe parlait de miracle. Mais ce fut Sadreddine qui lui parla, la voix si changée qu'il peina à le reconnaître. Il envisagea le pire en une fraction de seconde, ses enfants, ses petits-enfants, et la lumière grise de l'aube se chargea d'une telle intensité qu'il ferma les yeux. C'était Naïm, retrouvé allongé sur le flanc dans une allée très tôt le matin. Il piquait les rosiers à partir de cinq heures, avant le lever du jour ; il rejoignait d'ordinaire la terrasse ombragée vers sept heures pour le premier repas de la journée, face à la mer en contrebas. Une crise cardiaque. Sadreddine l'informa que l'enterrement aurait lieu au moment de la prière de l'asr, pour permettre à tous ses petits-enfants, dont la plupart vivaient loin, de rejoindre la maison familiale. Ismaïl prit la route immédiatement après avoir informé Meriem de la mort de Naïm. D'un tacite accord, ni lui ni elle n'évoqua la possibilité de sa présence à Tanger. Il promit de l'appeler dès son arrivée et partit après l'avoir longuement serrée contre lui. Il ne savait s'il rentrerait le soir même ou s'il demeurerait en ville jusqu'à la cérémonie du troisième jour. Il prépara donc une petite valise avec le nécessaire pour une absence de quelques jours. Youssef, qu'il avait appelé pour lui apprendre la nouvelle, fit route avec lui. En chemin, Sadreddine lui raconta au téléphone comment Faïza, levée tôt contrairement à son habitude, avait désiré retrouver son mari pour la collation du matin, avant de se préparer longuement afin d'assister au déjeuner qui aurait dû réunir tous les membres de la famille chez Médée, avant le départ de Thomas : il avait fini de rassembler une grande partie des éléments pour le livre dont il achevait la composition sur les Espagnols de Tanger, et reprenait l'avion pour Paris où l'attendaient Aya et les enfants. Tous ces détails, rapportés avec évidence par Sadreddine, renforcèrent le sentiment amer d'Ismaïl : il était devenu étranger à sa propre famille. Et pourtant, il éprouvait un chagrin filial. Naïm avait été avec lui d'une parfaite bienveillance, le recevant avec aménité au long des trente années qu'avait duré son mariage, il l'avait invité à rencontrer les artistes dont il prenait soin, initié à l'art contemporain, et avait eu plaisir à ouvrir un vieux cognac qu'ils savouraient ensemble, silencieux, sur la terrasse face à la mer en contrebas. Il avait été un grand-père généreux et tendre pour leurs enfants à tous, et Ismaïl savait que la peine d'Adam en particulier serait profonde. Ils arrivèrent devant le portail blanc de la maison en début d'après-midi, après une halte pour se rafraîchir dans le vieil hôtel mythique de Tanger, le Minzah, où Youssef avait réservé deux chambres. En roulant le long des sinuosités escarpées de la Vieille Montagne, Ismaïl avait aspiré à pleins poumons les senteurs de pinèdes et de mer, laissant son regard plonger par-delà les frondaisons dans les abysses bleutés en contrebas. Naïm avait aimé vivre ainsi, dans cette beauté offerte, entouré des maisons amies, disséminées sur les flancs de la montagne... Une existence d'esthète privilégié qui ne l'empêchait pas de prédire des temps incertains. Il avait été le témoin de la misère grandissante du Rif abandonné aux trafiquants, de la colère face à la relégation et au déclassement de la jeunesse du Nord du pays, d'un conservatisme grandissant des familles tangéroises en ville. Les dernières années, il avait assisté à la révolte d'Al-Hoceima et pris part à des manifestations de soutien aux jeunes emprisonnés. Toute sa vie, il avait ainsi oscillé entre une inclination hédoniste et un souci constant de justice sociale. Mais par-dessus tout, il avait privilégié la beauté, cultivant son jardin escarpé dont les frondaisons éclatantes accompagnaient la chute des terres dans les azurs confondus du ciel et de la mer. Il avait aimé Faïza pour sa beauté évanescente et l'avait protégée comme on enchâsse une perle fragile dans un alliage transparent, pour la prémunir contre les chocs. Elle avait vécu ainsi, secrètement adulée par cet homme un peu lent, patient, réfugié dans ses livres et ses amitiés, pendant qu'elle menait une existence mondaine, pilier des réceptions de la haute société tangéroise ou de ce qu'il en restait, vestiges d'un milieu cosmopolite et brillant dont ne survivaient que des éclats incertains. Naïm n'avait jamais travaillé au sens où l'entendait Ismaïl, il avait vécu de ses rentes, touchant les loyers des nombreux biens hérités de son père, vendant parfois une terre pour satisfaire les caprices de sa femme, épargné par les nécessités qui fondent la vie de la plupart des hommes. Lilia et Médée avaient grandi ainsi, entre un père tendre et une mère absente, narcissique et puérile, occupée de l'image que reflétaient les regards de leurs relations, neurasthénique dès que palissaient les feux des fêtes monotones où elle promenait sa beauté comme un masque d'apparat. Ce n'est qu'avec le temps, la confiance de Naïm grandissant, qu'il s'ouvrit à son gendre, lui racontant l'enfance de Faïza, dont la mère, Alessandra, une aristocrate grecque follement éprise de Nessim, le grand-père de Médée, avait été exclue par sa famille de tous les cercles sociaux d'Athènes et avait suivi son juvénile époux dans sa ville natale de Tanger, où elle avait vécu déclassée, donnant naissance à Faïza puis à Omar et à Selma. Alessandra n'était jamais retournée en Grèce, elle était décédée peu après la naissance de Selma. À la mort de son épouse, Nessim avait connu une réussite spectaculaire en investissant dans la pêche hauturière. C'est ainsi que Faïza avait frayé très tôt avec toute la société cosmopolite de Tanger qui se pressait dans la vaste demeure que son père avait fait construire sur les flancs de la Vieille Montagne. Elle avait grandi au milieu des fêtes données par le jeune veuf inconsolable, d'autant plus courtisé qu'il semblait inaccessible. Nessim, fier de la lignée maternelle de ses trois enfants, les avait élevés dans ce qui lui apparaissait comme l'abécédaire d'une éducation aristocratique, alternant professeurs de piano, d'histoire de l'art et de dessin. À sa mort, Faïza avait dix-sept ans, et les enfants découvrirent avec stupeur que leur père était criblé de dettes.

Naïm avait rencontré Faïza en rentrant de Paris, où il avait achevé ses études d'architecture, pour les vacances d'été ; elle était en deuil, ravissante et parfaitement sans le sou. Ils s'étaient mariés dans l'année. Leur premier enfant, Noor Médée, ressemblait de manière frappante à sa grand-mère Alessandra, dont elle avait hérité les prunelles violettes et les traits fins. C'est ainsi que Faïza avait continué d'habiter la Vieille Montagne et de vivre une vie de fêtes où sa beauté et son ascendance aristocratique lui valurent une place privilégiée, sans compter son mariage au sein d'une des familles les plus anciennes et les plus fortunées de Tanger. Elle avait bercé son chagrin d'orpheline de réceptions en voyages d'agrément, égrenant quelques aventures sentimentales dont Naïm ignora l'existence, mais que sa fille aînée découvrit avec colère, et désolation. Naïm avait sans le penser vraiment offert à sa capricieuse épouse une existence infantile, dénuée de sens, et ses nombreuses migraines, sa languissante présence ponctuèrent la vie de la maison. Très tôt, Médée avait fui sa mère, enfermée dans la resserre où elle modelait avec acharnement des figurines qui faisaient l'admiration de son père. C'est ainsi que pour ses quatorze ans, Naïm avait fait à Noor Médée le cadeau de cet atelier au fond du jardin, dans lequel l'adolescente passait le plus clair de son temps.

Ismaïl, devant le majestueux portail blanc ouvert sur les orangers et les citronniers de la grande allée, découvrit une foule élégante et policée, errant dans les chemins fleuris, entre les massifs de rhododendrons fuchsia et ivoire, les frondaisons de jasmin sambac, les bosquets de lavande odorante, les haies de romarin. À l'ombre des lauriers, il reconnut Aya, nouant le lacet défait de sa petite-fille. Il embrassa sa fille émue et malheureuse, qui l'escorta jusque dans le vestibule de la vaste demeure ouverte sur la mer, en deçà du jardin planté d'oliviers, de palmiers aux troncs énormes, de caroubiers et de mûriers. Adam était debout, aux côtés de Sadreddine, accueillant la foule des amis et des connaissances qui arrivaient au fur et à mesure que la nouvelle de la disparition de Naïm se propageait dans la ville mais aussi au-delà, à Tétouan, Rabat et Casablanca. Il vit son père arriver accompagné de sa sœur Aya et se porta à leur rencontre. Ismaïl en fut réconforté, l'accolade de son fils légitimait sa présence. "Maman est dans le salon à droite, avec mamie Faïza." Adam accompagna son père et se plaça dans un premier temps entre sa mère et lui. Mais Faïza avait vu Ismaïl, et elle tendit les bras dans un gémissement presque inaudible : "Mon fils, il t'aimait tant. Comment vivre sans lui ?" Son beau visage était ravagé par une douleur sincère, le pressentiment de sa solitude à venir. Il croisa le regard de Médée, en retrait, vêtue de blanc comme sa mère. Il s'approcha, intimidé par sa douleur muette, et ne put que balbutier : "Je suis infiniment désolé." Elle inclina la tête, derrière elle il distingua Lilia et la haute silhouette d'un homme à la voix profonde, qui répondait à Sadreddine. C'était Juan.

Ils passèrent deux heures installés avec Youssef et les amis de Naïm, évoquant le défunt, tandis que la foule des connaissances grossissait à mesure qu'approchait le moment de la sortie du corps. Ismaïl oscillait entre la mélancolie que lui inspirait la perte de son beau-père – tout un monde disparaissait avec Naïm, élégant et désuet, un humanisme et une liberté que cette société cosmopolite et joyeuse avait incarnés en dépit des sombres années de plomb – et la douceur de cette réunion avec les siens. Il avait découvert et aimé le raffinement de la vie dans la maison de Naïm, très éloigné de la sobre générosité de Hourya, soucieuse de construire pour ses trois enfants orphelins un avenir où l'incertitude n'aurait pas sa part. Il avait apprécié la nonchalance que donne la réalité de lendemains assurés, le goût de la beauté qui se posait partout avec légèreté dans la maison, les baies vitrées inondées de lumière, les meubles anciens et contemporains mêlés dans une sobre élégance, les toiles aux murs, la table raffinée, les nappes de lin, les vastes divans face au jardin luxuriant. Il avait goûté, dans ce monde qui s'ouvrait à lui, à la douceur de vivre. Il avait aspiré dans un élan profond à cette vie, et dans le même temps persistait en lui, qui venait d'un monde où tout était gagné et perdu de haute lutte, une méfiance pour cette aisance surprenante. Dans leur maison de Rabat, Médée avait transporté l'harmonie de la maison de son enfance, un goût de la lumière et des jardins, des étoffes soyeuses et des objets délicats, l'amour des boiseries claires et des lignes pures. Mais elle avait simplifié leur existence, supprimant ce qui disait l'opulence, ne gardant que la beauté des plantes et des matières raffinées. Le corps de Naïm enveloppé dans le brocart épais de velours vert brodé de fil d'or fut transporté au milieu du salon où il lisait le soir en attendant son épouse avant une sortie, ou au moins, s'il ne l'accompagnait pas, préférant la compagnie de Cervantès ou Javier Marías, où il se tenait pour l'admirer avant qu'une voiture ne se rangeât dans l'allée pour la mener là où elle était attendue. Toujours il avait un mot délicat, la complimentant sur sa robe, sa coiffure, puis il lui recommandait la prudence comme à une enfant fragile. Mais là, il ne pouvait la contempler, le visage sillonné de larmes, seule devant cet homme couché et invisible, qui lui avait tout pardonné sans rien exiger en retour. La mélopée des diseurs de Coran s'intensifiait, et les artistes entrèrent tous, les amis, les proches, si bien que la maison devint noire de monde, un brouhaha se superposait aux chants sacrés jusqu'au moment où Sadreddine éteignit les lumières avant la prière du salut, selon la tradition. Faïza manqua s'évanouir, et Médée installa sa mère dans un fauteuil bas, près de son mari. Enfin, le corps de Naïm fut soulevé et sorti au milieu des youyous. Ismaïl, très ému, distingua Juan, dont les bras entouraient les épaules de Médée, cependant qu'Adam tenait la main de sa grand-mère défaillante, avant de rejoindre le cortège des hommes qui accompagnaient le défunt jusqu'à la mosquée pour la prière de l'asr, avant le dernier voyage jusqu'au cimetière où l'attendait sa tombe déjà ouverte. Ismaïl et Adam cheminèrent avec Youssef et Sadreddine. Juan était resté auprès de Médée.

Il y eut le retour après l'enterrement, dans la maison blanche baignée de la lumière de l'après-midi finissante, quand la montagne étend ses ombres bleues sur l'or émietté du jour, des tables dressées dans le jardin odorant de Naïm attendaient les vivants revenus après le devoir rendu à celui qui les avait précédés, pain beurre et miel pour adoucir la séparation, olives noires et plat de viande hachée à la tomate et à la coriandre fraîche accompagné de thé à la menthe. Les heures dures au cours desquelles la réalité de la mort, le corps enveloppé dans son linceul descendu dans le trou de la terre meuble, avait atteint les hommes réunis pour la première séparation d'avec Naïm s'estompaient un peu dans le partage du pain chaud et du miel. Et tandis que le ciel bleuissait, étendant un voile allumé d'étoiles pâles sur les arbres, ils revenaient à leurs soucis et anecdotes de vivants. Les arrière-petits-enfants de Naïm et Faïza jouaient dans le jardin à chat perché, leurs rires résonnaient dans la nuit qui tombait lentement. Médée, organisant une ronde, pensait au corps de son père, seul pour cette première nuit dans sa maison de terre. Ismaïl, attentif aux mouvements de sa femme, la guettait à travers les feuillages drus qui la dérobaient à sa vue, il sentait sa présence légère, et une paix mélancolique l'enveloppait.

Ils s'attardèrent avec Youssef, si bien qu'il était déjà une heure avancée lorsqu'ils arrivèrent à l'hôtel, rompus d'émotion. Faïza avait insisté pour qu'ils assistent à la cérémonie du troisième jour, et Ismaïl n'avait pu refuser devant le regard exigeant de son fils. Il appela Meriem sitôt arrivé dans sa chambre, mais elle ne répondit pas. Il envoya un message et une minute après, le téléphone sonna. Elle s'enquit de la cérémonie, des enfants, du chagrin de Médée. Il lui répondit tendrement et lui apprit qu'il rentrerait après le troisième jour. Elle répliqua qu'elle partait le lendemain matin, tôt, pour New York. Elle ne savait pas quand elle reviendrait. Il lui dit qu'il l'aimait. Elle répondit : "Moi aussi".

Quand demain disparaîtra

Ismaïl ne rejoignit pas Rabat cette nuit-là. Il frappa à la porte de Youssef, s'assit pesamment sur le bord du lit de son ami et lui apprit que Meriem s'en allait pour New York. "Durée indéterminée, précisa-t-il avec un humour las. Elle a certainement accepté la proposition du New York Hospital, je la comprends." Youssef regardait son ami, sans mot dire. Il demanda : "Tu veux qu'on prenne la route maintenant ? – Non, répondit Ismaïl. Ça devait arriver. Nous ne sommes pas très bien depuis un moment. Elle fait comme elle peut, et moi aussi. – Mais tu ne crois pas qu'elle espère ce geste ?" questionna Youssef. Ismaïl se tut. "Je suis fatigué. Il faut que je me repose. J'assisterai au troisième jour de l'enterrement de Naïm, et je me rendrai à Jnan Nich. J'y resterai quelques semaines. Je vais envoyer un mail à mon assistante et à la direction de l'hôpital. Redouane peut me remplacer provisoirement dans le service. J'imagine que tous savaient pour le départ de Meriem." Il discuta un peu avec Youssef, puis retourna dans sa chambre. Il ne dormit pas de toute la nuit et se doucha à l'aube.

Ils se retrouvèrent pour le petit-déjeuner dans les jardins de l'hôtel et sortirent se promener dans les rues de Tanger, avant de prendre un thé au Café Hafa. Ismaïl avait éteint son téléphone portable. Son esprit errait, il imagina Meriem à l'aéroport, puis embarquant pour New York. Il comprenait sa décision comme une tentative de reprendre le contrôle de sa vie. La jeune femme avait été sincère, elle avait réellement renoncé à cette expérience passionnante : travailler et apprendre avec l'une des équipes de neurochirurgie les plus prestigieuses au monde. Mais Ismaïl l'avait ébranlée, ses réticences à la présenter à ses enfants, la mélancolie qui l'habitait de longues heures durant après les conversations avec Samia ou Aya, et ce départ à Tanger dont elle avait été exclue. Il soupçonnait Meriem d'avoir pris un billet d'avion pour New York sur un coup de tête, pour exister enfin, retrouver une place pleine et entière dans sa propre vie. Sa première réaction avait été paranoïaque, en un sens, et l'avait d'abord conduit à imaginer un départ prémédité. Il utilisa le téléphone de Youssef pour passer un appel et discuta brièvement avec son assistante pour l'informer de son absence à venir. Elle lui avoua qu'elle avait reçu la veille au soir, tard, un message de Meriem l'informant de son départ pour New York et demandant une mise en disponibilité de six mois. Elle attendait donc un signe de lui ce matin même. Le lien entre son absence et celle de Meriem semblait évident pour son assistante, et il ne fit rien pour démentir cette croyance, mais il précisa que son absence à lui durerait trois semaines. Les interventions urgentes avaient eu lieu. En cas d'extrême urgence, il regagnerait la capitale en quelques heures et prendrait en charge un patient qui ne pourrait attendre. Ces semaines d'absence viendraient alléger la somme affolante des congés qu'il n'avait pas pris durant ces longues années au cours desquelles il avait assumé la chefferie du service de chirurgie neurologique de l'hôpital Avicenne. Son assistante resta silencieuse puis finit par lui souhaiter un repos agréable.

Il se sentait le cœur plus léger. Meriem n'avait donc rien prémédité, elle avait réagi à son départ, et cette impulsivité était un signe de colère autant que d'attachement. La distance qu'elle avait choisi d'installer ainsi lui permettait dans un retournement spectaculaire de ne plus dépendre des constructions qui le retenaient prisonnier et qui toutes appartenaient à sa vie avec Médée et leurs enfants. Ainsi il avait vu juste et cette certitude le réconforta. Il aurait le temps, une fois à Jnan Nich, livré à la solitude qu'il appelait de ses vœux, de réfléchir et dénouer les fils de leur histoire, s'il était encore temps. Il prit la route juste après la cérémonie du troisième jour, au cours de laquelle son cœur s'emplit d'une paix provisoire, parce que son fils, assis à ses côtés pendant les chants de la Mouloudya, lui parla de ses travaux mais aussi de son engagement avec Sofia, qu'il pensait épouser l'année suivante. Il souhaitait demander officiellement sa main au moment où Samia serait à Rabat et Médée à Tanger. Elles pourraient ainsi prendre part à la cérémonie au cours de laquelle Sofia et lui-même échangeraient leur promesse. Ismaïl, au moment de partir, embrassa son fils, et fut très ému de l'accolade qui lui sembla effacer de longs mois d'une mésentente dont il avait souffert. Mais il nota dans le même temps qu'Adam n'avait pas évoqué sa présence à la cérémonie qui le lierait à Sofia.

Il arriva à Jnan Nich à la fin de l'après-midi, le jour suivant. Le soleil déclinait un peu, et la lumière vibrante enveloppait la plage d'une poudre d'or. Il s'assit comme un enfant, les jambes pendantes sur le rebord du muret de la terrasse, et contempla la mer dont les vagues légères venaient mourir sur le sable irisé. Il avait emprunté à Faïza, avant de quitter Tanger, quelques livres de Naïm, promettant de les rapporter sur le chemin du retour. Il avait également acheté des bouteilles de vin blanc et des packs de bière, du fromage, du pain qu'il avait glissé au congélateur, des boîtes de thon et de sardines, quelques tomates, des olives noires, des pâtes et du riz. En arrivant au village, il avait fait une halte devant l'épicerie et ajouté à ses provisions du beurre, des œufs et un pot de confiture Aïcha aux fraises, celle que Hourya déposait à la cuillère sur les tartines de l'enfance, deux paquets de café et du liquide vaisselle, ainsi qu'une savonnette. Hamid, le propriétaire du café de la petite place du village, l'avait salué au passage. Il entra dans la maison et rangea ses achats dans la cuisine blanche et bleue. Il descendit ensuite "à la mer", et nagea longuement ; l'eau salée emportait avec elle les miasmes d'angoisse, la mort de Naïm, la révolte de Meriem et son départ, la fatigue de ces deux années folles de passion amoureuse, de destruction, le chagrin insensé qui l'avait alourdi quand il avait compris combien la colère d'Adam serait longue à s'apaiser. Ses membres vivants battaient vigoureusement l'eau claire, troublant la surface lisse de vaguelettes couronnées, il sentait la brûlure cuisante de ses muscles engourdis par la longue immobilité qui lui était imposée par le bloc, la tension des gestes précis dont dépendait le sort de ses patients. Il y avait une ivresse à fendre ainsi la surface de la mer étale, il s'éloigna du rivage et ne pensa pas au retour, seul dans la gloire tremblante du ciel et de l'eau réunis, baigné d'une lumière vibrante comme le reflet de la lame d'une épée. Puis il peina à rentrer, si éloigné de la grève qu'il lui semblait que ses muscles à bout ne le mèneraient pas plus loin, il éprouva la pesanteur glacée de ses membres, lutta, et atteignit le rivage, pantelant. Il se doucha longuement à l'eau brûlante, tout son corps était courbaturé, une fatigue intense le saisit au sortir de la salle de bains, une saine et bonne fatigue, semblable à celle qu'il éprouvait adolescent après une compétition de football. Il mangea de bon appétit, il se sentait vivant, et apaisé. Il pensa qu'il achèterait des fruits le lendemain, quelques pommes peut-être, et du poisson fraîchement pêché s'il était levé assez tôt pour choisir dans les barques tout juste amarrées la prise qu'il ferait griller pour le déjeuner. Il alluma la radio et un air de jazz, nostalgique et sensuel, accompagna la fin de l'après-midi. Il ouvrit *Gatsby le Magnifique*, un des livres de Naïm, confortablement installé face à la mer, allongé sur la banquette qu'il avait sortie sur la terrasse en arrivant et fut happé par les tribulations mélancoliques de Jay Gatsby, amoureux de Daisy comme d'un papillon aux ailes diaprées, nimbée de l'aura d'un passé à jamais inatteignable, dans lequel il aurait pu retrouver le goût perdu de sa propre existence. Ses paupières alourdies de fatigue se fermaient insensiblement, mais son esprit luttait, fasciné par la description cruelle d'un milieu où l'argent était la forme même de la vie, dominant les personnages séparés par l'ancienneté ou la nouveauté de leur fortune, dédales d'un microcosme cynique et fragile. Et il se souvint avec regret que Naïm l'avait souvent engagé à lire ce roman, une manière d'ouvrir les portes transparentes et scellées d'un monde que son mariage avec Médée n'avait que partiellement entrouvertes. Car il était resté un observateur distant de cette société où Faïza et Naïm évoluaient avec aisance, sans doute aussi parce que Médée en l'épousant avait tourné le dos à cet univers avec une détermination jamais démentie. Mais bien que retirée et marginale, il lui suffisait d'apparaître à l'occasion d'un dîner ou d'une réception pour qu'aussitôt l'écume scintillante de la mondanité la caressant, le cercle enchanté se referme sur elle, cependant qu'il demeurait au-dehors, à jamais. Non pas qu'il eût souhaité faire partie de ce cercle-là, mais il avait fait remarquer à son épouse combien, malgré sa volonté manifeste de retrait, elle demeurait pour ces gens l'une des leurs, envers et contre tout. Elle avait souri avec ironie : “Oui, ils ne lâchent jamais rien, ni personne…” Elle était restée fidèle à ce choix, comme elle lui était restée fidèle au long de leur union. Il y avait chez cette femme une intégrité qu'il retrouvait chez Adam, une décision d'honorer la parole donnée et reçue sans jamais s'interroger sur les sacrifices consentis, comme si dans l'engagement initial tout avait été pesé et accepté, si bien que nulle ombre ne venait ternir la transparence de la promesse. Il imagina Juan comme Gatsby, hanté par le souvenir têtu de cet amour contracté, une maladie, sur la terrasse de Naïm, à la vue de la jeune fille au regard violet… Juan et Médée… L'après-midi tirait à sa fin, dans le ciel s'étalaient les traînées bleu sombre annonçant le crépuscule. Curieuse image gravée en lui, qui l'alourdissait inutilement, le bras de Juan autour des épaules fines de Médée, unis manifestement. Elle lui offrait la grâce ultime d'une vie qui se résolvait en une boucle harmonieuse, le premier amour devenant le dernier, comme dans les récits où la ténacité de l'amant éconduit est finalement récompensée au terme d'une longue série d'épreuves. Meriem lui manquait. Toute la journée, il s'était détourné du trou béant qui menaçait à présent de s'élargir. Son téléphone portable était toujours éteint, il n'avait maintenu en état de marche que celui qui le reliait à l'hôpital. Il ne voulait pas penser à elle déambulant dans New York : l'ivresse de la liberté retrouvée, et surtout la fièvre d'apprendre, de découvrir, de connaître. Il l'imagina descendant la Cinquième Avenue jusqu'à Union Square, la foule cosmopolite et joyeuse absorbant les mouvements de sa jeune âme. Il savait d'expérience qu'un changement complet d'environnement modifiait la perception d'un lien, d'un engagement, d'une situation affective marquée par la difficulté. New York… La ville de tous les possibles pour Meriem, de toutes les renaissances. Avec le temps, il ne deviendrait à l'horizon de sa vie que le souvenir mélancolique d'une ancienne passion pour un homme mûr, un chirurgien brillant enfermé dans des techniques obsolètes, limité par les réalités d'un environnement pauvre, elle le découvrirait très vite. Le soleil descendait dans la mer. Il s'étira, et le livre en équilibre précaire glissa. Les yeux fermés à présent, il s'abandonna lentement à l'engourdissement qui le gagnait dans la fraîcheur du soir. Demain il faudrait descendre à l'aube sur la grève pour acheter du poisson, nager à nouveau, lire, respirer. Il glissa dans le sommeil et se réveilla en sursaut. Il avait un peu froid. Il rentra dans la maison, prit dans le placard la vieille veste de son père, s'en enveloppa, et retourna sur la banquette. Le ciel s'allumait d'étoiles bleues. Il s'empara du téléphone éteint et le remit en marche. Il y avait un message de Hind qui clignotait sur le fond noir.

Il lut les premiers mots : "Jawad a disparu." La torpeur qui l'engourdissait se dissipa. Il appela sa sœur qui lui répondit aussitôt, la voix hachée, au bord de l'effondrement : "Nous ne savons pas, il était dans l'appartement de la place Pietri, Zahra est sourde, à présent, elle n'a rien entendu. Elle dit qu'il était agité ces jours-ci." Ismaïl lutta contre le sentiment de culpabilité qui surgit en même temps qu'une colère qu'il ne réussit pas à contenir : "Tu ne t'en étais pas rendu compte ?" Hind se justifia, la voix brisée : "Ahmed était fatigué ces jours-ci, son arthrose ne lui laisse pas de répit. Je me suis occupée de lui. Je devais passer chez Jawad demain, mais je lui ai parlé à plusieurs reprises, il semblait serein." Il répondit sèchement : "Et Najat ? Depuis combien de temps n'a-t-il pas eu de visite de l'une d'entre vous ?" Il sentit l'indignation dans la voix de sa sœur, et sa colère diminua tandis qu'elle précisait : "Najat l'a vu vendredi dernier, il lui a dit qu'il avait envie de nager et elle l'a emmené à la plage, ils ont passé la matinée du samedi à Skhirat, il était heureux, et sur le chemin du retour ils ont mangé une glace. Je ne comprends pas. Il n'a pas prévenu Zahra qu'il sortait. Ça ne lui ressemble pas. Nous avons fait une déclaration à la police. On le cherche partout. Un voisin l'a vu sortir avec un sac de voyage à la main. Quand rentres-tu ?" Il ne répondit pas. Son frère… Quand l'avait-il vu la dernière fois ? Il y avait deux mois, un peu plus. De quel droit malmenait-il ainsi sa sœur ? Devant lui, la mer luisait d'un sombre éclat, tel le ventre mou et noir d'une créature souple recouvrant la terre, et qui s'avançait dans la nuit violette, ondoyant au rythme de sa propre respiration. "Je rentre demain. Il faut retrouver Jawad. Je t'appelle dès que j'arrive." Pas de répit songea-t-il. Jamais. Il alla à la cuisine et se versa un verre de vin. Puis à la réflexion s'empara de la bouteille et l'amena sur la terrasse. Son frère. Toujours entre lui et Hourya. Inquiète. Tu t'occuperas de lui, oueldi… supplication mais en réalité un testament. Oui Memti, ne t'inquiète pas. Je m'occuperai de lui, de toi, de mes sœurs, je serai le meilleur médecin du monde, je les sauverai tous de tout, moi fils que tu bénis de tes mains fines, et l'autre fils accroché à toi, un continent englouti, l'enfant précoce… tu me disais : "Ton frère était un génie, surdoué, à deux ans, ton père en était fou… Il l'appelait Einstein, tu vois, je n'exagère rien." Oui Memti, je sais maintenant que tu avais raison, j'ai étudié pour comprendre, pour que tu sois moins seule avec lui. Puis tu es partie et j'ai lâché… Le vin était sec, mais frais, il distingua une lumière sur la mer, sans doute une barque… Pourquoi Jawad était-il parti ainsi, lui qui ne supportait aucune rupture dans son quotidien, aucun changement, même minime ? Il fallait qu'il parle avec Zahra, elle saurait ce qui avait perturbé Jawad. Jusque-là, Ismaïl ne s'était pas inquiété pour son frère, en sécurité dans l'appartement inchangé de leur enfance. Il versait tous les mois à Zahra une somme qui leur permettait à tous deux de vivre tranquillement, ses sœurs passaient souvent leur rendre visite, et lui aussi avant cette histoire d'amour se rendait régulièrement dans la maison de leur mère. Il s'asseyait dans le séjour à la place qu'occupait Hourya, son frère sortait de sa chambre, et souvent, Ismaïl lui demandait de lui montrer ses dessins minutieux, extraordinairement précis, des villes habitées de créatures minuscules, un sens du détail qui le fascinait. Médée adorait le travail de son beau-frère et lui avait proposé de le faire exposer. Mais Jawad s'était fermé, le visage agité de tics, et la jeune femme posant sa main fraîche sur son front l'avait rassuré : "Tu as raison, ils sont magnifiques ainsi, dans cette maison, chez toi." Quand Médée ne le voyait pas plus d'une semaine durant, il la réclamait, et Ismaïl avait eu toutes les peines du monde à lui expliquer qu'ils s'étaient séparés, que Médée vivrait à présent ailleurs. Devant lui, la mer douce et salée dans la nuit constellée. C'est ce qui était juste. Le reste était affaire d'émotions, de désirs, d'agitation humaine. Jawad aussi s'était affranchi, il avait décidé de quitter cette maison un sac de voyage à la main. S'était-il extirpé de son monde clos comme un animal d'un trou exploré des milliers de fois, avait-il senti le désir de vivre, de respirer l'air du large ? La possibilité d'un désir, d'une initiative semblait si éloignée des limites strictes assignées à son être par les spécialistes… On ne savait jamais ce qui pouvait advenir dans l'intimité poreuse de la conscience. Ismaïl expérimentait une humilité nouvelle, il se souvenait de la révolte de Hourya face aux psychiatres, "mon fils n'est pas réduit à ce que vous en percevez, je le connais, je le sens, vous imposez les limites de votre science et prétendez que ce sont celles de la vie…"

Jawad était parti, Meriem aussi et surtout Médée… Médée était partie, il avait bien vu le bras de Juan qui la tenait serrée contre lui, il avait senti l'intimité puissante qui liait ces deux-là, de cœur et d'esprit, plus que ce qu'il n'avait jamais obtenu d'elle. Tout le monde partait. Il retourna à la cuisine chercher une bouteille transpirant de fraîcheur. La lumière clignotait toujours sur la mer. Une minuscule lumière dans la nuit. Sans doute un pêcheur dans sa barque, cherchant la paix sur l'eau noire.

Jawad, dans une certaine mesure, avait servi de caution à l'inépuisable douleur de Hourya, insensible aux injonctions implicites de ses sœurs qui lui enjoignaient de "passer à autre chose" une fois la mort de Brahim devenue certaine. Il lui restait ce fils étrange, marqué par un destin contraire, dont elle pressentait l'intelligence immobile, forclose, un emmuré. Hourya avait toujours parlé avec Jawad comme avec tous ses autres enfants, sollicitant son avis, examinant avec attention ses dessins complexes, l'approvisionnant en fusains, acquérant des toiles blanches et des tubes de peinture, des pinceaux multiples, le poussant à étaler les couleurs sur la toile comme pour le faire entrer dans la matière du monde, la diversité foisonnante et anarchique qu'il fuyait ; toujours Jawad revenait à ses architectures en noir et blanc, parfois grises, et Hourya abandonnait l'introduction de la couleur pour quelques mois, avant de revenir à la charge, têtue, patiente. Jawad souriait en disant "non Memti", un rituel entre eux, un jeu qu'il avait accepté et qu'il renouvelait, introduisant de subtiles variantes, parfois il s'emparait du pinceau, le plongeait dans la pâte bleue étalée sur la palette par Hourya, puis la posait en traînées épaisses sur la toile qu'il s'empressait de recouvrir de ses structures noires, minutieuses et sophistiquées, et Hourya émerveillée appelait Médée qui entrait précautionneusement dans la pièce réservée à Jawad, s'asseyait sur un coin de chaise puis racontait à son beau-frère la manière dont certains artistes avaient transformé l'histoire de la représentation en faisant de la couleur le lieu exclusif de leur recherche. Jawad était ravi lorsque Médée surgissait ainsi, il sortait ses cartons et répandait devant elle ses travaux qu'elle observait avec attention, émerveillée par la créativité obsessionnelle de Jawad. Plusieurs fois, Médée avait emmené Jawad chez eux, accompagné de Hourya, ils accédaient tous les trois à l'atelier et Jawad caressait les statues, s'abîmait en contemplation devant les créatures ravaudées de Médée. Une fois, il avait même créé avec elle une maquette de bois et elle avait installé à l'intérieur de l'habitacle ajouré une de ses créatures de résine, de plâtre et d'acier. Médée avait inscrit leurs deux noms au dos de l'œuvre et l'avait remise à Jawad qui l'avait installée au centre de sa chambre, suspendue au plafond par deux filins de marin. Ismaïl avait *lâché* Jawad depuis longtemps, il le savait, non pas qu'il eût omis de leur assurer à Zahra et à lui toutes les conditions d'un confort quotidien, assumant leur stabilité financière, mais il avait cessé de nourrir le lien complexe qui l'unissait à son frère, tendresse, exaspération, complicité qui le conduisaient autrefois à s'associer aux efforts de Hourya pour repousser les limites de l'univers contrôlé dans lequel Jawad s'enfermait. Il se souvint du rituel qu'ils avaient mis en place autrefois, les longues balades le samedi après déjeuner dans la "forêt du Hilton", au cours desquelles ils cheminaient côte à côte, *les deux frères* disaient avec bienveillance ceux qui les croisaient et les reconnaissaient, et Ismaïl observait avec admiration l'impressionnante puissance physique de son frère, les longues foulées calmes qui imprimaient leur rythme à cette marche silencieuse, attentif aux craquements des feuilles sèches sous leurs pieds, à l'odeur d'humus noir qui montait de la forêt, à l'ombre verte et piaillante des arbres, vivant refuge pour des milliers d'oiseaux. De retour place Pietri, Ismaïl s'attardait, savourant la paix des siens, le rituel du thé vert à la menthe, cependant que Jawad disparaissait le temps d'une douche et revenait vêtu de son jean clair et d'un sweat d'adolescent gris, à capuche. Comment Jawad avait-il réagi à toutes les ruptures qui avaient suivi celle, incommensurable, de la mort de Hourya ? Les premiers temps, ils avaient continué de se retrouver, les frères et les sœurs, dans le salon de l'appartement familial, rejoints en fin de journée par leurs conjoints et parfois leurs enfants, pour la cérémonie du thé, et Zahra mettait un point d'honneur à charger la table de petits biscuits secs et sucrés, de baghrirs et de cake, comme au temps où Hourya recevait ses enfants et ses petits-enfants avec une joie profonde. La vie familiale avait ainsi continué, et sans doute encore après la défection partielle d'Ismaïl, mais il n'était pas certain de la régularité de la présence de ses sœurs, leur affection fidèle à l'égard de Jawad n'était pas en doute, mais peut-être alternaient-elles les visites, perturbées par leurs propres obligations familiales, leurs voyages, leurs grands enfants installés ailleurs. Son frère avait-il ressenti l'éloignement des siens ? Y avait-il une place dans la manière dont il percevait le monde pour la nostalgie, le manque, l'absence ? Nul ne pouvait le dire… Mais l'abandon de Médée par Ismaïl avait provoqué en lui colère et désespoir, qui pouvait le nier ? Ismaïl ne dormit pas cette nuit-là, il somnolait par moments, bercé par le ressac et l'étrange murmure du ciel violet, comme si le fouillis d'étoiles bruissait contre l'horizon marin. Au petit matin, il entrouvrit les yeux, blessés par l'aube laiteuse, la mer argentée ne bougeait pas, les premières barques visibles semblaient immobiles sur l'eau. De si loin, il ne pouvait distinguer les lignes tendues des pêcheurs. Malgré son sommeil de courte durée, entrecoupé de sursauts de conscience, d'inquiétude pour Jawad, il était étrangement serein. Il se leva et prépara un café sucré. Il avait faim. L'odeur du pain grillé, du café, et sur la terrasse les senteurs mêlées de la mer et des lauriers chargés de rosée provoquèrent une nostalgie qui habita obstinément cette fraîche matinée. Il lui fallait retourner à Rabat, et après avoir rangé la vaisselle et sorti les victuailles du réfrigérateur pour les remettre au vieux gardien des lieux, il se doucha rapidement et s'habilla. La sonnerie du téléphone le fit sursauter au moment où il s'emparait de son bagage pour le transporter dans la voiture. Il s'interrompit, contrarié. Adam l'informa que Jawad était arrivé à Tanger à l'aube, plus précisément il avait sonné à la porte de Faïza, réclamant Médée. Ismaïl était abasourdi. Comment son frère avait-il trouvé la maison de

Naïm ? Par quel moyen s'était-il rendu à Tanger ? Le train sans doute, mais il était si inhabituel d'imaginer Jawad quittant seul la maison, héler un taxi, se rendre à la gare, acheter un billet et s'installer sans crainte dans un wagon, seul, tolérer la présence d'étrangers à ses côtés. Ismaïl questionna Adam, comment son oncle était-il arrivé jusque chez Faïza ? Et Adam répondit, une pointe d'humour dans la voix : "Par la route, papa." Il convint avec son fils qu'il passerait chercher Jawad en fin de journée, Médée avait insisté pour le garder à déjeuner ainsi que l'après-midi. Adam précisa que Jawad se trouverait chez Médée et non dans la maison de Naïm et Faïza. Ismaïl comprit que Médée offrait à Jawad le partage de sa maison, de son nouvel atelier, et il imagina la joie de son frère. La journée avait basculé d'un coup. Il appela sa sœur qui bégaya de soulagement, puis s'exclama, saisie par l'étonnante autonomie de Jawad : "Comment a-t-il pris le train tout seul ? trouvé la maison ? Il est vrai que nous avons évoqué devant lui le deuil de Médée ! Mais jamais je n'aurais pensé qu'il tenait tant à lui présenter ses condoléances…" Il déposa son bagage dans la chambre, l'ouvrit et en sortit son maillot. La mer l'attendait, luisante sous le soleil rose qui émergeait, chassant les dernières étoiles. Il la sentit qui l'enveloppait d'un manteau froid et salé, aspirant hors de lui la fatigue de cette étrange nuit. Il plongea à nouveau dans la mer irisée. Il éprouvait à présent jusqu'aux os le bercement des vagues légères, la paix bleue qui envahissait son esprit, il nagea longuement en veillant à ne pas s'écarter du rivage, tenté par l'appel du large, mais son expérience précédente l'avait rendu prudent. Le soleil entamait son ascension, une lumière jaune enveloppait toute la plage lorsqu'il sortit de l'eau. La journée s'offrait à lui, longue jusqu'au milieu de l'après-midi. Il décida de déjeuner au café, chez Hamid, avant de prendre tranquillement la route et de flâner dans Tanger, enfin de passer chez Médée où son frère, prévenu par Adam, l'attendait. Son fils lui avait expliqué comment trouver la nouvelle demeure de sa femme, à quelques centaines de mètres de celle de ses parents, en dénivelé. En approchant du portail de fer forgé au-dessus duquel s'enroulaient d'éclatants bougainvilliers, il se sentit étrangement vulnérable, mais déjà Juan ouvrait grande la porte, l'accueillait chaleureusement, sa voix rocailleuse accompagnait ses gestes de bienvenue. Il trouva son frère installé confortablement sur une charmante terrasse dont les colonnes étaient couvertes de rosiers fleuris qui grimpaient hardiment, rejoignant une pergola où couraient une glycine bleue et du jasmin sambac. En contrebas, la Méditerranée s'offrait, si bleue que le ciel semblait pâle. Face à Jawad, Médée souriait, un éventail de fines rides autour de ses yeux violets. Il remarqua les fils gris dans son épaisse chevelure nouée sur la nuque, elle lui était presque devenue étrangère, et sa beauté le frappa. Juan s'éclipsa avec tact, "un engagement de longue date" s'excusa-t-il, et il posa la main sur l'épaule menue de Médée avant de partir. Ils restèrent donc tous les trois, silencieux un instant face à la mer, sur cette terrasse qu'emplissait le chant des oiseaux. Ismaïl était gagné par une étrange émotion, comme si la beauté présente de sa femme le faisait entrer d'un coup dans l'étendue de sa perte. Il avait oublié combien cette grâce qui habitait chacun de ses gestes avait imprégné sa propre existence. Il retrouvait sur cette terrasse la simplicité émouvante d'une harmonie qui s'installait partout avec elle et dont il n'était plus le destinataire. Elle lui proposa un rafraîchissement, ou un thé, et souleva une théière de porcelaine fine, y ajouta un nuage de lait, disposant sur une assiette un sablé à la confiture, une crêpe fine à l'orange. Jawad ne perdait pas un seul de ses gestes, et pour la première fois Ismaïl distingua sur le visage de son frère une émotion joyeuse, ouverte, il entendit Médée dire qu'il serait toujours le bienvenu, il y avait une chambre d'ami, précisa-t-elle, et il pouvait venir autant qu'il le souhaitait, à présent qu'il connaissait le chemin. Jawad acquiesça, ravi, et Ismaïl déclara qu'il était temps de partir, la route était encore longue. Médée le pria de les excuser, elle avait un cadeau pour Jawad, et elle disparut quelques minutes. Elle revint, dans ses mains une sculpture polie, petite, en basalte noir, une mère et son enfant, la tête du jeune garçon sur les genoux arrondis, la main de la mère posée sur sa tête en un geste d'une caressante tendresse. Jawad grogna de plaisir, si ému qu'Ismaïl craignit qu'il ne laissât échapper la statuette de ses mains agitées d'un léger tremblement. Ils se dirigèrent vers la porte d'entrée, précédés de Médée qui leur fit traverser la maison, et le regard d'Ismaïl s'attarda sur les larges divans de lin brut disposés devant la baie vitrée, les tables basses en bois asiatique, et une monumentale sculpture de bronze, c'est Juan qui en est l'auteur, pensa-t-il aussitôt, admiratif à contrecœur. Les murs étaient couverts de gravures au fusain, de précieuses lithographies, de toiles brunes et ivoire, il y avait des fleurs dans les vases, un plaid aux impressions vives sur une méridienne. Une maison d'artistes, se formula-t-il le cœur bizarrement serré, ils sont deux à choisir, il y a ici autre chose que le goût sûr de Médée, une esthétique plus sauvage, plus âpre qu'elle a apaisée et adoucie. Partout des livres, des pages annotées, des croquis empilés sur les tables. Elle n'était plus seule, cette femme qu'il avait méconnue tout en l'aimant profondément. Juan habitait cette maison, il en était certain malgré les dénégations de Samia. Il émergea à l'air libre et se retourna pour la saluer une dernière fois avant de monter en voiture, Jawad à ses côtés. Médée inclina légèrement la tête dans sa direction et sourit à Jawad. Elle leva la main en signe d'adieu tandis qu'ils s'engageaient sur la route en lacet pour redescendre le long des flancs de la Vieille Montagne vers la ville étirée plus bas. "À nous Rabat !" dit-il en regardant son frère qui protesta aussitôt en marmonnant : "Non, Jnan Nich, pas maintenant Rabat" ! Pourquoi pas, songea-t-il, après tout, qui m'attend à Rabat ? Et se calant face à la route, il répondit : "Nous ferons comme tu veux. Va pour Jnan Nich !"

Disparaître

Ils arrivèrent presque deux heures plus tard devant la porte de la petite maison blanche ; Ismaïl s'était arrêté à Tanger pour faire quelques courses, le nécessaire pour leur court séjour, il pensait retourner à Rabat deux jours plus tard et avait prévenu Najat et Hind, chargées d'informer Zahra du retour de Jawad. Il savait que vivre avec son frère pouvait être éprouvant, chaque geste nouveau était un enjeu. Mais la liberté de Jawad lorsqu'il avait décidé de retrouver Médée, la révélation de sa relative autonomie avaient incliné Ismaïl à penser que ces deux jours passés ensemble dans la maison de vacances familiale ne seraient pas si compliqués qu'il aurait pu l'imaginer. Jawad agita frénétiquement les mains en entrant dans la maison ouverte par son frère. Ismaïl l'abandonna face à la mer le temps de ramener leurs bagages à l'intérieur de la chambre qu'il attribua à Jawad, déterminé à passer la nuit sur la terrasse, confortablement installé sur la banquette basse aux coussins épais brodés de larges fleurs blanches par Zahra. Jawad avait déposé la statue de Médée sur l'étagère centrale, aménagée pour contenir les livres de Hourya. Il allait et venait, déchiré entre la contemplation de la statuette et celle de la Méditerranée si proche. Ismaïl ouvrit la porte-fenêtre et avança sur la terrasse, où son frère le suivit avec de petits soupirs de joie. Jawad s'arrêta, debout contre le muret, son épaule touchant celle de son frère, et tous deux écoutèrent le souffle puissant de la mer. Le ciel se parait de traînées sanglantes, comme si s'organisait le sacrifice de quelque céleste animal, dont la sève éclaboussait l'horizon, provoquant le rougeoiement des eaux au loin. Ils regardèrent le soleil entamer ainsi sa noyade dans les flots, à mesure que s'allumaient une à une les étoiles blanches. Ismaïl, ému, passa le bras autour de l'épaule de son frère qui ne bougea pas ; mais au bout de quelques minutes, son corps se détendit et il sourit. "Tu veux nager avant de dîner ?" proposa Ismaïl, animé d'un élan fraternel incoercible, comme si la tendresse pour son frère, enfouie tout au long des années passées, surgissait enfin, libérée. "Tu te souviens quand nous allions nager à l'aube avec papa ?" Jawad hocha la tête, et les deux frères se changèrent rapidement et descendirent d'un même pas jusqu'à la mer allumée de braises orange. En se retournant sur la grève, Ismaïl regarda avant d'entrer dans l'eau la petite maison blanche de ses parents. Jawad le précéda, immergeant sans hésitation son grand corps sec et musclé dans l'eau claire. Il se mit à nager vigoureusement, s'éloignant du rivage. "Attends-moi", protesta Ismaïl qui plongea à son tour en frissonnant dans la mer incandescente. Mais Jawad continuait de fendre les flots avec une régularité impressionnante. Ismaïl cria : "Attention, ne t'éloigne pas, tu vas trop loin ! Tu seras trop fatigué pour t'en retourner", et il entreprit de rejoindre son frère qui le distançait de plusieurs mètres. Il avançait rapidement, soucieux de rattraper Jawad happé par le plaisir solitaire de la nage. Au moment où il le rejoignit enfin, son frère tourna la tête et il distingua ses yeux pailletés d'or, comme ceux de Brahim. "Tu vas trop loin, protesta Ismaïl, essoufflé, rentrons." Mais Jawad reprit ses mouvements puissants, s'éloignant irrémédiablement du rivage. "Arrête", cria Ismaïl, haletant, et il se lança de nouveau à la poursuite de son frère, saisissant, dans l'espoir de ralentir sa course, un pied qui glissait entre ses mains. Jawad se retourna dans l'eau et son torse musculeux émergea tandis qu'il se dégageait de l'emprise de son frère. Ismaïl s'obstina, attrapant son bras. Un coup énorme s'abattit sur sa nuque. Je vais mourir songea-t-il en s'enfonçant dans l'eau sombre, avant de surgir à nouveau agrippé à l'épaule glissante de Jawad. Il ouvrit les yeux, les cils chargés de sel, l'horizon était couvert d'or liquide, l'odeur des algues envahissait ses narines dilatées, sa tête était lourde, il se sentit glisser dans une vertigineuse douceur et ferma les paupières, inconscient, recouvert lentement par les flots blanchis d'une étrange écume. Jawad libéré nageait toujours, déterminé à atteindre la ligne d'horizon incendiée, tandis que son frère sombrait caressé par les créatures marines, tournoyant lentement sur lui-même, livré aux flots indifférents, plus rien que les abysses obscurs, sans personne, disparu.

Le 14 juillet 2020

OUVRAGE RÉALISÉ
PAR L'ATELIER GRAPHIQUE ACTES SUD
REPRODUIT ET ACHEVÉ D'IMPRIMER
EN NOVEMBRE 2021
PAR NORMANDIE ROTO IMPRESSION S.A.S.
À LONRAI
POUR LE COMPTE DES ÉDITIONS
ACTES SUD
LE MÉJAN
PLACE NINA-BERBEROVA
13200 ARLES

DÉPÔT LÉGAL
1re ÉDITION : JANVIER 2022
N° impr. : 2104882
(Imprimé en France)